HEYNE BÜCHER

In der Perry-Rhodan-Reihe
sind als Heyne-Taschenbücher erschienen:

Planet der Mock · Band 16/1
Terra in Trance · Band 16/368
Das Aralon-Komplott · Band 16/369
Welt der Prospektoren · Band 16/370
Luminia ruft · Band 16/371
Das Gremium der Vier · Band 16/372
Deserteur der USO · Band 16/373
Die Wurzeln des Todes · Band 16/374
Halo 1146 · Band 16/375
Die Toleranz-Revolution · Band 16/376
Tränen vom Himmel · Band 16/377
Die Elixiere von Chubbid · Band 16/378
Sturm der neuen Zeit · Band 16/379

Perry Rhodan

ALS DIE KRÖTEN KAMEN

Sie haben Raumschiffe wie Korkenzieher – und sie wollen Terras wichtigste Schätze

Ein Planetenroman von

HORST HOFFMANN

Originalausgabe

WILHELM HEYNE VERLAG
MÜNCHEN

PERRY RHODAN
Nr. 16/380

Redaktion: Klaus N. Frick

Wilhelm Heyne Verlag GmbH & Co. KG, München
Printed in France 1994
Umschlagillustration: Alfred Kelsner, Bünde
Umschlaggestaltung: Atelier Ingrid Schütz, München
Satz: Compusatz GmbH, München
Druck und Bindung: Brodard & Taupin

ISBN 3-453-08296-6

1.

Der Tag, an dem die Kröten kamen (1.–2. Mai 2877)

Kurum-Kurum-System, 2134 Lichtjahre von Zuhause entfernt

»Äh«, gab Oberst Finlay McBloody bekannt, wobei er sich am Kinn den Stoppelbart kratzte und den Hauptschirm anstarrte. »Ich meine, äh, wenn mich nicht alles ganz verdammt täuscht, dann...«

»Sie haben vollkommen recht, Sir«, sagte sein Erster Pilot, Captain Severin Justus. »Es sind soeben rund fünfhundert Raumschiffe in diesem Sonnensystem materialisiert, knapp geschätzt. Genaueres über Typ, Baureihe, Risikoklasse, Antrieb, Bestellnummer und Herkunft läßt sich vielleicht sagen, wenn die Hyperortungsgeräte repariert sind.«

Natürlich waren die Orter allesamt durchgeschlagen, aber war das ein Wunder bei einem halben Tausend Fremdraumer, die sich genau gleichzeitig aus dem Hyperraum geschraubt hatten?

(Jawohl, geschraubt; sie kamen nicht in den Normalraum ›hereingebrochen‹, wie es fast alle Raumer unbekannter Völker tun – und das meist auch nur der Dramaturgie wegen –, sondern wirklich geschraubt. Sie öffneten sich ein rotwaberndes Loch im Weltraum, was wohl Generationen von Wissenschaftlern noch Kopfzerbrechen über die nun auch ›roten Löcher‹ bereiten würde, und krochen spiralig daraus hervor. Die ersten Bilder, bevor die Ortungssysteme aller ordentlichen Raumschiffe und Planeten in einem Umkreis von mindestens einem Lichtjahr zusammenbrachen, hätten an gewaltige Bohrerspitzen denken lassen können, mit denen unbekannte Giganten unser Universum zu perforieren versuchten. Aber in Wirklichkeit sahen die Fremdraumer aus wie Korkenzieher. Sie schraubten sich jedenfalls in unser Universum, und zwar relativ langsam.)

Oberst McBloody faßte sich. Er war sogar schon wieder in der Lage, sich seine dicke schwarze, halb abgebrannte Zigarre neu anzuzünden und eine dunkle Rauchwolke in die Zentrale der HOME IS WHERE THE HEART IS zu paffen.

»Die Funksysteme«, knarrte er. »Funktionieren sie noch, Captain?«

Severin Justus, der natürlich die lindgrüne Bordkombination der Solaren Flotte trug, allerdings im Kniebereich reichlich unvorschriftsmäßig zerknittert, ließ sich einen Schnellcheck geben und antwortete zackig:

»Jawollsir!«

»Und was sagen sie?« blaffte McBloody ihn an.

»Nichtssir!« berichtete der Captain.

McBloody kniff die dunklen Augenbrauen über der breiten Nase zusammen: »Definieren Sie mir das, Captain!«

»Nun«, erklärte der noch ziemlich junge Offizier mit den schwarzen Sauerkrautlocken und dem dünnen Oberlippenbärtchen, das von einem Muttermal gleich unter dem linken Nasenflügel ablenken sollte, »wir bekommen keine Signale, Sir. Keine Anrufe und keine Antworten auf unsere eigenen Anfragen, Sir.«

McBloodys Augen wurden zu ganz schmalen Schlitzen. Er hustete Rauch aus, legte die Arme auf den Rücken und sah, leicht vornübergebeugt, aus wie eine Mischung aus Glöckner von Notredame und Henry, dem letzten noch lebenden Berggorilla im Zoo von Terrania.

»Wieso behaupten Sie dann, die Geräte wären in Ordnung, Mann!«

Justus errötete leicht und versicherte: »Das... das sagt der Check, Sir. Die Positronik...«

»Positronik, Positronik!« fuhr McBloody ihn an. »Wenn ich etwas hasse, dann sind es Positroniken und Leute, die sich blind auf sie verlassen! Wozu hat das Imperium Ihnen eine teure Ausbildung bezahlt, Captain?«

Severin Justus wurde puterrot im schmalen Gesicht und schlug die Hacken zusammen.

»Zum Wohl und Wehe der Menschheit, Sir!«

»Dann holen Sie sich Werkzeug und sehen Sie selbst nach dem Funk!«

»Jawollsir!«

Captain Severin Justus salutierte abermals und wollte schon gehen, als alle Ortungssysteme wieder ihren Geist aufnahmen und auch die Funksysteme zum Leben zurückerwachten.

»An alle, die uns jetzt hören!« ertönte eine Stimme laut und deutlich in der Zentrale der HOME IS WHERE THE HEART IS. »Hier spricht der Herr der Herren! Ich wiederhole: Hier spricht der Herr der Herren! Ihr könnt das auch abkürzen und HdH sagen – aber niemals von hinten nach vorn!«

»Wer ist für diesen Blödsinn verantwortlich?« schrie Oberst Finlay McBloody in die Zentrale. »Wenn er sich auf der Stelle meldet, sehe ich vielleicht von einer Bestrafung nach Paragraph 17, Absatz A1 ab und...«

»Hier spricht wirklich der Herr der Herren!« knallte es weiter aus den Lautsprechern. Allerdings gab es noch immer kein Bild des geheimnisvollen Anrufers. »Ich denke, das ist jetzt verstanden worden.«

»Das ist keiner von uns, Sir«, sagte Justus, jetzt kreidebleich und zitternd. »Das kommt von den Korkenziehern.«

McBloody warf seine Zigarre auf den sauber geschrubbten Metallboden der Zentrale und trat sie wütend aus.

»Machen Sie mich nicht wahnsinnig, Mann!«

»Hier spricht also der Herr der Herren, um es auch dem

letzten Idioten deutlich zu machen«, hörten sie. »Das nur zur Information und damit ihr wißt, wer ab jetzt hier die Kommandos gibt. Wenn ihr kapitulieren wollt, könnt ihr das tun. Jedem Überläufer garantieren wir, daß er nicht besser behandelt wird als jeder Widerstandskämpfer, von denen es nach unserer Erfahrung immer und überall einige Klauenvoll gibt.«

»Klauenvoll?« fragte Justus. »Er meint doch sicher, einige Handvoll...«

»Um es ganz kurz zu machen«, verkündete die Stimme aus dem Weltall, wo sich die Korkenzieherraumer allmählich auf die inneren Planeten des seit 121 Jahren zum Solaren Imperium gehörenden Sonnensystems zuschraubten, »sind wir jetzt die Chefs hier. Erspart euch die Mühe, nach Hilfe zu rufen. Denn niemand würde euch mehr hören.« Es folgten einige Grunzlaute, die kein Translator deuten oder gar übersetzen konnte. »Und jetzt schmeißt eure Waffen und Orden, die Kaffeetassen, die Pin-up-Bilder und die Flottenausweise aus dem Schiff. Wir sammeln sie auf und werden sie bei guter Führung irgendwann zurückgeben.«

»Zwicken Sie mich, Captain«, sagte Oberst McBloody. »Hauen Sie mir eine runter oder treten Sie gegen mein Schienbein, damit ich zu mir komme. Das kann nur ein Traum oder ein Anfall von Delirium sein.«

»Ach, übrigens«, sagte die Stimme noch. »Wer nicht gehorcht, wird nach einer kurzen Lektion mit seinem Schiff oder seinem Planeten vernichtet. Tut mir leid, aber ihr seht die Logik doch sicher ein, oder?«

Wega-System, 27 Lichtjahre entfernt

General Ido Ido Ido (in Freundeskreisen kurz ›Ido‹ genannt) hatte einen kantigen Kopf mit einem kantigen Kinn auf einem kantigen Zweimeterkörper, und seine Bewegungen waren ebenfalls kantig. Vor allem dann, wenn der Chef der Solaren Streitkräfte im Wega-System (die sich hier natürlich ganz anders nannten, wegen der wirklich ziemlich übertrieben sensiblen Ferronen) hohen Besuch von Terra hatte und diesem auf einer Rundreise die Wunder der Technik erklären durfte, mit denen die Terraner Wegas große Planetenfamilie ausstatteten.

»Diese Welt hier«, sagte er gerade zu Reginald Bull, dem legendären Staatsmarschall und Mondlander, »kennen Sie gut, wie mir berichtet wurde.« Ein stolzes Lächeln machte sein kantiges Asiatengesicht mit den schwarzen Einzentimeterhaaren um eine kleine Spur runder. »Gol, Nummer vierzehn von zweiundvierzig und der Zeus unter Wegas Begleitern. Es war, korrigieren Sie mich, Sir, im Jahr 1975, daß Perry Rhodan hier auf der Suche nach dem Galaktischen Rätsel auf die Großen von Gol gestoßen ist. Daß sie ihm fast zum Verhängnis wurden, ist natürlich Unsinn und der kranken Fantasie gewisser Lexikonauten entsprungen.«

»Lexiko... was?« fragte Bull genervt. Der General redete entschieden zuviel, und zwar zuviel dummes Zeug. Dienstreisen, vor allem Goodwill-Tours, waren immer anstrengend, und wenn man es dann auch noch mit einem pflichtbesessenen und anerkennungshungrigen Herrn wie Ido Ido Ido zu tun bekam...

Der General lachte trocken. Es hörte sich an wie ein schlimmer Husten.

»Na, diese Herren, Sir, diese Nichtswisser, die sich...«

Weiter kam er nicht, denn in diesem Moment wurde

das Universum wie von rotglühenden Bohrspitzen aufgeschraubt, die sich, nachdem die Ortungsgeräte wieder funktionierten, als gut fünfhundert Korkenzieherraumer von mindestens einem Kilometer Länge herausstellten, die langsam, aber verdammt sicher in dieses unser Weltall hereingedreht kamen.

»Was ist das?« entfuhr es Bully.

»Was ist das?« entsetzte sich auch Ido Ido Ido.

Und dann spielte sich in etwa das gleiche ab, wie es schnell nachzulesen ist, wenn wenige Seiten zurückgeblättert wird. Es war alles gleich, oder wenigstens so ähnlich. Auf jeden Fall endete die Ansprache des ›Herrn der Herren‹ auch hier mit den Worten:

»...seht die Logik doch sicher ein, oder?«

Genau siebzehn Sekunden des betretenen Schweigens verstrichen an Bord von Idos Flaggschiff mit dem schönen Namen IDO I, bis der General seine Empörung nicht mehr schweigend ertragen konnte und sie in seine Zentrale brüllte:

»Was bilden diese Knallköpfe sich eigentlich ein? Ich werde ihnen so einheizen, daß sie sich wünschen, mit ihren verdammten Korkenziehern da geblieben zu sein, wo sie ganz bestimmt *noch* unerwünschter sind!« Er schlug beide Fäuste und alle Vorderzähne zusammen. »Das ist eine Provokation sondergleichen, eine unerhörte Frechheit! Haben Sie das gehört, Sir?«

»Ich fürchte, ja«, erwiderte Reginald Bull, dessen Gedanken sich mit den möglichen Konsequenzen dieser ungeheuerlichen Entwicklung beschäftigten.

»Uns einfach zu duzen, statt zu siezen!« kreischte Ido Ido Ido. Sein kantiger Unterkiefer klappte geräuschvoll auf und zu. »Das werden sie uns bezahlen, so wahr ich General der Ersten Sternenklasse bin! Feuer auf sämtliche Invasoren! Schießt sie alle ab! Schont nur Frauen und Kinder, und...«

»General!« rief Bully protestierend. »Ich darf doch sehr bitten! Denken Sie auch an die Tiere, Hilfsvölker und Sklaven, die möglicherweise an Bord sind und...«

Er brauchte sich darüber keine Gedanken mehr zu machen, denn in diesem Augenblick wurde auch schon gemeldet, daß die IDO I weder gezielte noch ungezielte Feuerstöße abgeben konnte.

Nicht nur die Offensivbewaffnung der IDO und sämtlicher 24 Begleitschiffe versagte, sondern auch die Schutzschirme brachen schlagartig zusammen. Die Antriebe gaben den Geist auf, und es wurde dunkel an Bord.

Dunkel und ruhig.

Die Fremden in ihren korkenzieherförmigen Schraubraumern hatten erstmals zugeschlagen und ihre Unheimlichen Energieentzugsstrahlen eingesetzt.

Das, vermutete Reginald Bull nüchtern, war wohl die angekündigte Lektion gewesen.

Aber was kam als nächstes?

»Wir kapitulieren«, sagte er. »Waffen, Ausweise und das andere Zeug einsammeln und raus damit in den Weltraum!«

»Was?« entsetzte sich General Ido Ido Ido, genannt Ido. Er gluckste und rollte wild mit den Augen. »Zerquetschen werden wir sie, verrrnichtennn! Aus dem All pusten und...«

»Später, General, später. Erst einmal tun wir so, als würden wir uns wirklich ergeben. Das wirkt immer. Wer hat eigentlich mehr Erfahrung mit Aliens, Sie oder ich? Hmmm?«

»Sie wollen eine ehrliche Antwort, Sir?«

Bully winkte ab.

»Nein, lassen Sie's. Tun Sie jetzt nur, was ich Ihnen sage.« Und schweigend schraubten die Korkenzieher sich weiter ins System hinein, verteilten sich, unterbanden durch ihre Unheimlichen Energieentzugsstrahlen (kurz:

UEZS) und Funkunterbindungsfelder (kurz: FUF) jeden Kontakt mit dem Rest der sich nur noch wundernden Galaxis…

Solsystem, gleich vor der Haustür

Perry Rhodan verfolgte das Schauspiel von Terra aus, wo gerade der Raumveteranenverein ›Kurz & Klein‹, wie in jedem Jahr am 1. Mai, an dem früher gegen die Ausbeutung der Arbeiterschaft protestiert worden war, den Jahrestag des glorreichen Sieges über die Meister der Insel feierte – jene Tyrannen der Nachbargalaxis Andromeda, deren Eigenbezeichnung jener des Veteranenvereins in Sachen Bescheuertheit kaum nachstand.

Diesmal war es der vierhunderteinundsiebzigste.

Natürlich hatte keiner der Altgedienten selbst an dem ›großen Feldzug‹ gen Andromeda teilnehmen können, der eher ein jahrelanges Spießrutenlaufen mit immer neuen Überraschungen gewesen war. Durch die Brille der ›Kurz & Klein‹ sah das natürlich längst ganz, ganz anders aus, und nach dem siebzehnten Tusch für den großen Melbar Kasom, den unsterblichen Don Redhorse und den Retter des Universums, den Mausbiber Gucky, war Perry den Fremden fast dankbar dafür, daß sie sich ausgerechnet jetzt ins Solsystem schraubten, kurz bevor er an der Reihe gewesen wäre, seine unvermeidliche, halbstündige Rede zu halten (›Mirona Thetin – wie das mit ihr, Atlan und mir wirklich war‹).

Vor allem entkam er einer sogenannten ›Stuhlgeschichte‹, die seit 471 Jahren zelebriert wurde – wie immer vorgetragen von zwei jungen Männern, einer mit langen, einer mit stoppelkurzen Haaren –, bei der Rhodan traditionell entschlummerte und jedes Jahr absurderweise von Marzipankartoffeln träumte. Wie auch immer – inzwischen weiß es auch der holprigste, unkonzentrierteste Leser: Die Orter schlugen durch, der Funk war und blieb tot, dann funktionierten die Orter wieder, und der Herr der Herren hielt seine Ansprache, die nicht nur viel kürzer war als Rhodans Manuskript oder die Stuhlgeschichte, sondern auch präziser und irgendwie aktueller.

»...seht die Logik doch sicher ein, oder...?«

Perry dachte nur kurz, daß es statt ›Logik‹ besser ›Notwendigkeit‹ hätte heißen müssen. Dann aber bewies er wieder einmal, daß er ein Sofortumschalter war. Das hatte nichts damit zu tun, daß er sofort zu irgendwelchen Instrumenten stürzte und wie wild zu schalten anfing. Vielmehr geschah etwas in seinem Kopf. Man kann sagen, er schaltete von der bisherigen (der grauenvollen Feier) auf die neue (die vielleicht noch grauenvollere Drohung der Fremden) um. Rein gedanklich eben.

Während also die rund eintausend Raumveteranen in der Solar-Hall von Terrania wie erstarrt dastanden, während die Militärkapelle glücklicherweise noch immer verstummt war und alles darauf wartete, daß der erste seiner Empörung durch lauten Protest Luft machte, gab Perry Rhodan Gucky und Atlan einen Wink. Der Ilt nahm die beiden Männer an der Hand, und im nächsten Moment war die Unsterblichkeits-Prominenz aus der Solar-Hall verschwunden. Es dauerte genau eine Minute und siebzehn Sekunden, bis der erste Veteran das überhaupt bemerkte, denn alle starrten sie noch auf den riesigen Videoschirm, der jetzt eigentlich Rhodan bei seiner Rede hätte übertragen sollen – und statt dessen nun die zweitausend (!) Korkenzieherraumer (!!) zeigte, die sich im Solsystem verteilten und pausenlos die Botschaft des HdH (niemals umgekehrt!) verkündeten.

Im Regierungsgebäude Terranias, der Erde, des Solsystems und einem gewissen Rest der Galaxis ließ sich Perry Rhodan erst einmal in seinen schweren Lehnsessel hinter dem noch etwas schwereren Arbeitstisch aus rotem Marmor fallen, legte die Füße auf die unordentlich auf der Platte liegenden Akten und stemmte sich die Zeigefinger und Daumen beider Hände gegen die Nasenwurzel. Die Augen waren geschlossen, der große Terraner dachte angestrengt nach.

Atlan saß ihm gegenüber und tat das gleiche, während Gucky erst in ihre Meditation eintrat, nachdem er diverse Getränke und die wichtigsten Mutanten ins Büro bestellt hatte.

»Ja ja...« sagte der Großadministrator des Solaren Imperiums nach einer halben Stunde konzentrierter Konzentriertheit.

Und Atlan, der über zehntausendjährige Arkonide und seit dem Jahr 2040 Perrys engster Weggefährte, aber auch scharfer Kritiker, stimmte ihm diesmal zu:

»Jaaajaaaa...«

»Ja«, meinte auch Gucky. Dann schlug er die Augen auf, sah sich irritiert um und entdeckte die Mutanten Ras Tschubai, Tako Kakuta, John Marshall und Kitai Ishibashi. Ras und Tako, Teleporter wie Gucky, hatten die anderen lautlos mitgebracht und dabei ganz nebenher das dumme – aber uralte Gerücht widerlegt, daß es ›Plopp‹ machen würde, wenn Teleporter rematerialisierten.

»Ja«, sagte er ernst und blickte Perry an. »Aber was – ja?«

Das war natürlich wieder einmal nur ein Ablenkungsmanöver, denn natürlich hatte der Mausbiber Rhodans Gedanken längst gelesen und wußte, was hinter der Stirn des großen Terraners vorging. Aber zugegeben hätte er's nie, deshalb fragte Perry auch gar nicht danach.

»Wir sind vom übrigen Universum abgeschnitten«, erklärte Rhodan also kurz und bündig. »Alle Versuche, über Hyperfunk in die Galaxis zu kommen, sind umsonst. Wir müssen uns damit abfinden, daß eine uns unbekannte

Macht das Solare Imperium im Handstreich genommen und lahmgelegt hat.«

Das war wirklich kurz und prägnant, wie wohl jeder zugeben muß. Perry Rhodan, Mondlander, Menschheitseiniger, Unsterblicher, Sofortumschalter, miserabler Vater und Ehemann, Blutgruppe Null-Zwo-positiv, hatte das Ungeheuerliche ganz knapp auf den Punkt gebracht und dem Leser so mindestens drei Seiten langweilige Diskussionen erspart.

Und genau dieser Perry Rhodan, dem weltberühmten Science-Fiction-Autoren wie Darl Clarkton fälschlicherweise schon eigene telepathische Fähigkeiten angedichtet hatten, sagte auch, wo es jetzt langgehen sollte.

»Ich habe umgeschaltet und erkannt, daß wir der gegnerischen Übermacht im Moment noch nichts entgegenzusetzen haben. Die Fremden haben durch ihre Unheimlichen Energieentzugsstrahlen und die totale Funkisolierung unserer Welten und Sonnensysteme dafür gesorgt, daß wir von der gesamten Restgalaxis abgeschnitten sind, wie ich schon feststellte. Selbst andere Völker wie die Blues, Akonen, Arkoniden und Topsider könnten wir nicht zu Hilfe rufen. Unsere planetarischen Abwehrstellungen und die Raumforts sind genausowenig wert wie die Flotte. Alle sofort gestarteten Kampfschiffe wurden völlig neutralisiert, treiben ohne Antrieb im All und funken SOS, solange wenigstens die Notstromaggregate noch funktionieren.« Er machte eine bedeutungsvolle Pause, bevor er die Bombe platzen ließ. »Wir sind vollkommen überrascht worden und werden daher Taktik F anwenden.«

»Taktik F?« Atlan runzelte die Stirn unter den langen, silbrigweißen Haaren. »Ist das nicht ein bißchen zu drastisch?«

»Taktik F?« wunderte sich auch Gucky. Er schüttelte sich. »Du meinst wirklich *die* Taktik F, Chef?«

»Das reimt sich«, kicherte Tako. »Taktik Eff, Cheff.«

Gucky blickte ihn wütend an.

»Überlaß die Witze mir, Freund Tako. Du kannst noch genug dichten, wenn du erst einmal tot bist, oder vielmehr nur ein Geist – so um das Jahr 2909 herum.«

»Ich bin unsterblich!« protestierte Tako. »Warum sollte ich...?«

»Ich habe einen Informationsvorsprung, weil ich wöchentlich PERRY RHODAN lese«, wies ihn der Mausbiber zurecht. »Die elfte Auflage.« Er wandte sich wieder an Rhodan. »Aber da steht nichts über die Korkenzieherraumer und den Herrn der Herren drin, Perry. Wirklich Taktik F?«

»Taktik F«, bestätigte Rhodan, der sich nicht um Kakutas Röcheln kümmerte.

Gucky schüttelte den Kopf, als sei er in kaltes Wasser getaucht worden.

»Taktik F«, stöhnte er. »Das ist grausam. Ich hoffe du weißt, was du tust...«

»Wir können es alle nur hoffen«, seufzte auch Atlan. »Taktik F ist wirklich das Allerletzte...«

Raumhafen Terrania, fünf Stunden später

Taktik F bedeutete im Klartext: *Laßt den Unheimlichen Gegner, den wir noch nicht kennen, aber gern kennenlernen würden, erst einmal auf der Erde landen und sich zeigen. Ergeben wir uns mal zum Schein, und dann werden wir sehen, wo er verletzbar ist und wie wir ihn wieder loswerden.*

(Das war im Grunde genau das, was Reginald Bull General Ido angetan hatte.)

Der Herr der Herren hatte mit seinem Flaggschiff, einem Korkenzieherraumer der 3000-Meter-Klasse, ganz in Pinkfarben gespritzt und mit hunderttausend kleinen Lichterketten umzogen, heiligen terranischen Boden berührt und sein Schiff, kerzengerade in den Himmel zielend, mit unbekannten Magnethaftbarkeitsstrahlen am Landefeld so gut befestigt, daß selbst der wüsteste Wirbelsturm es nicht umwerfen konnte.

Nun wartete alles gebannt darauf, daß sich irgendwo in Bodennähe eine Schleuse öffnete, eine breite Rampe herausschob und der Große Unbekannte sich zeigte.

Er hatte seine Landung angekündigt. Ringsum war der Raumhafen geräumt. Die Reporter der TV-Anstalten und Sensationsblätter mußten aus drei Kilometern Entfernung darauf hoffen, daß ihre Teleobjektive stark genug für die erhofften Aufnahmen waren. Hell genug war es jedenfalls. Es war normalerweise noch tiefe Nacht, etwa vier Uhr morgens am 2. Mai, aber die Flutlichtstrahler des Raumhafens tauchten die Szenerie in gleißendes Licht, heller als die Sonne es am Tag konnte.

(Seltsamerweise funktionierten alle zivilen Einrichtungen, nur die militärischen nicht, obwohl sie meistens von den gleichen Besser-als-Atom-Kraftwerken gespeist wurden. Die Unheimlichen Energieentzugsstrahlen der Fremden schienen wirklich nur auf alles zu wirken, was defensiv oder offensiv militärisch war.)

»Unglaublich«, sagte Atlan zu Perry Rhodan, als sie vor dem Flaggschiff des HdH warteten und sich fast die Füße abfroren. Für einen Maianfang war es bitterkalt, wie in den Zeiten vor der globalen Wetterkontrolle. »Sie legen nur unsere Waffen lahm. Am Ende sind es noch Pazifisten!«

»Was für ein Fremdwort?« wollte Gucky wissen.

»Na, eben Friedensapostel«, murrte der ehemalige Kristallprinz von Arkon.

»Und dann überfallen sie uns so raffiniert?«

Gucky bekam keine Antwort mehr, auch nicht von

einem anderen der versammelten Polit-Prominenz des Solaren Imperiums. Fast alle Mutanten waren da: dazu Julian Tifflor, Homer G. Adams, Heinrich Bölkenkamp, Allan D. Mercant, der Abwehrchef, Warndt Wellmer, Rhodans Pressesprecher.

»Jetzt geschieht etwas«, erkannte Perry Rhodan endlich. »Da vorne, dreißig Meter über dem Boden. Eine Schleuse öffnet sich.«

Atlan sprach etwas in ein winziges Handfunkgerät, wurde aber sofort von Perry zurechtgewiesen, daß er den tausend Mann von der Solaren Abwehr, die im Verwaltungsgebäude auf ihren Einsatzbefehl warteten, auf keinen Fall den Einsatzbefehl geben solle.

(Er kannte seinen arkonidischen Spezi und ahnte, daß Atlan noch einmal tausend Mann überall auf dem Hafengelände in guten Deckungen postiert hatte, sagte davon jedoch nichts. Denn erstens war das eigentlich nicht Atlans Sache, sondern die von Abwehrchef Mercant, und zweitens wollte Rhodan dem Arkoniden nicht zeigen, daß er ihn wieder einmal durchschaut hatte.)

Alle Augen waren auf die Schleuse gerichtet, aus der sich nun tatsächlich eine breite Rampe schob, hell erleuchtet auch vom Inneren des Korkenziehers.

Perry Rhodan spürte, wie sein Herz klopfte, in Erwartung des unheimlichen Unbekannten, der mit dem Solaren Imperium das gemacht hatte, was schon ganz andere erfolglos versucht hatten.

Er sah sich kurz nach seinen Begleitern um und entdeckte, daß Gucky nicht nur ausnahmsweise den Mund hielt, sondern auch aufgehört hatte zu atmen.

»Kleiner«, fragte er, »was hast du denn?«

»Atemlose Stille«, pfiff der Mausbiber zwischen den linken Unter- und Oberlefzen hervor. »Ich war atemlos still, voller banger Erwartung. Jetzt hast du mich rausgebracht.«

Ein lauter Aufschrei aus vielen Kehlen ließ Perry Rhodan herumfahren und Gucky endlich wieder nach Luft schnappen.

»Dort!« rief Homer G. Adams. »Bei allen Teufeln der Galaxis, da ist er!«

Fast der Herr der Herren

Nein, er war es noch nicht.

Er war leider nur ein Roboter. Aber was für einer!

Er war bestimmt drei Meter hoch, als er da oben auf der Rampe stand, die sich nach unten verbreiterte und auf dem Raumhafenboden mindestens fünfzig Meter einnahm. Er, der Roboter, stand jedenfalls ganz oben, in dreißig Meter Höhe, angestrahlt und angeleuchtet, silbern und schimmernd und den Kopf hoch erhoben, und schien seinen Auftritt voll zu genießen.

»Höret, höret, höret!« sprach er.

Natürlich klang seine Stimme blechern, wie man es eben von Robotern so gewöhnt ist. Aber gleichzeitig war sie dumpf, scheppernd, warm, sanft, aggressiv, monoton und irgendwie wie aus einer anderen Welt – was natürlich ganz gut zu ihm paßte.

Er besaß einen Kopf und einen fast humanoid zu nennenden Rumpf, wenn man von den drei Armpaaren, dem einen Paar Krebsscherenarmen und den mindestens zwanzig Tentakeln absah, die um seinen silbrigen Körper peitschten. Aber seine Stimme war sanft und gut. Man konnte ihn, abgesehen von den überflüssigen Tentakeln und Krebsscheren, eigentlich als einen sympathischen Artgenossen bezeichnen.

»Höret, höret, höret!« wiederholte er. »Ich nehme mal an, daß sich eure Führer hier eingefunden haben, um sich höchstpersönlich dem Herrn der Herren zu unterwerfen. Ich denke mir aber auch, daß ihr damit einiges an Problemen habt. Das ist bei den meisten Leuten so, die sich für mächtig und schlau halten. Dann hilft in der Regel eine weitere kleine Demonstration unserer Möglichkeiten.«

»Was redet der denn?« empörte sich Tifflor. »Unterwerfung! Bei dem sind wohl sämtliche Leitungen durchgebrannt! Wir werden uns *nie* unterwerfen, ganz egal wem.«

Er hatte kaum ausgesprochen, da begann der Roboter mit der sympathischen Stimme mit dem, was er unter Demonstration seiner Möglichkeiten verstand.

Ein einziger Aufschrei ging durch die Reihen der Anwesenden, als sich die Tentakel starr vom Körper wegrichteten und in Waffenarme verwandelten, aus denen blutrote, giftgrüne und zitronengelbe Strahlen hervorschossen.

»Das darf er doch gar nicht!« kreischte Gucky noch lauter als die anderen. »Wer hat ihm das erlaubt? Ich werde ihn fliegen lassen und so verknoten, daß er...«

Seine Stimme ging in dem Krachen der Explosionen unter.

Die roten Strahlen fuhren in kleine Gebäude, umherstehende Fahrzeuge, auf die Verladung wartende Bierfässer, Ersatzteilhaufen und jede Menge anderer Dinge, hinter denen sich Atlans tausend Mann verborgen gehalten hatten. Was getroffen wurde, löste sich einfach auf; die Solab-Männer ergriffen die Flucht.

Das heißt, sie versuchten es. Denn die giftgrünen Strahlen legten sie einfach im Davonrennen flach, betäubten sie und ließen sie in diesem Zustand zum Flaggschiff des HdH schweben, wo sie zu einem Haufen gleich rechts neben dem Rumpf aufeinandergeschichtet wurden.

»Ich glaube, wir unterwerfen uns *doch*!« rief Tifflor entsetzt.

Ob Gucky tatsächlich versucht hatte, den Roboter telekinetisch in den Himmel zu heben, wußte niemand. Der Ilt sprach auch später nie darüber. Nur *falls* er es probiert hatte, dann war dieser silbrige Drei-Meter-Riese gegen Psi-Angriffe immun.

»Und was ist nun mit den gelben Strahlen?« fragte Atlan. »Was bringen die?«

Die Antwort erhielt er sofort.

Die zitronengelben Strahlen hatten bisher wie ein Gitter über dem Landefeld gelegen. Jetzt bogen sie sich plötzlich und wurden wie Schlangen, gelbe Nattern, die auf die Terraner zugekrochen kamen und in ihre Taschen glitten, sich um ihre Taille wickelten, das Gesicht abtasteten. Sie holten alles aus den Taschen, was nur irgendwie als Waffe benutzt werden konnte oder einen Versicherungswert von mindestens zehn Soli besaß. Damit zogen sie sich dann langsam zum Flaggschiff zurück und stapelten die Beute auf der linken Seite des Rumpfes.

»Heilige Galaxis!« entfuhr es Allen D. Mercant. »Was für ein Ungeheuer ist das?«

»In Fachkreisen nennt man mich den Großen Destruktor«, erläuterte der Roboter, der anscheinend auch noch über ein Hyper-Super-Gehör verfügte. »Aber ich bin nur ein Ultrapotentes Megavernichtungssystem. Es gibt eine ganze Reihe Kumpels von mir, damit ihr euch keine falschen Hoffnungen macht. Ich meine, von wegen Taktik X oder so...«

»Das ist unmöglich!« entfuhr es Rhodan. »Er kennt sogar unsere geheimsten Geheimnisse.«

Taktik X stand für: *Aha, das ist also die Ultimate Waffe der Fremden. Wir brauchen sie nur irgendwie auszuschalten, und dann stehen sie ganz schön im Regen. Der Rest wird ein Kinderspiel.*

Aber nun standen sie selbst im Regen, und zwar im Funkenregen. Denn zum Abschluß seiner Demonstration jagte das Ultrapotente Megavernichtungssystem (kurz:

UPMVS) sich mit einer niedlichen kleinen, garantiert strahlungsfreien Atombombe selbst in die Luft.

Es sah jedenfalls so aus, denn als die von dem furchtbaren Blitz geblendeten Terraner wieder blinzelnd sehen konnten, stand UPMVS so blinkend und aufrecht da wie vorher. Kein einziger Tentakel fehlte.

»Hat vielleicht jemand noch irgendwelche Fragen?«

Seine Stimme klang auf einmal gar nicht mehr so nett, sonor und melodisch.

»Also nein?« fragte er, als er keine Antwort bekam. »Dann senkt jetzt den Kopf, bis ihr die Fanfaren hört. Danach hebt ihn wieder und huldigt, huldigt, huldigt dem Herrn der Herren, dem König der Herren des Feurigen Nebels – ihr dürft sie HdFN nennen!«

Jetzt aber: Der Herr der Herren!

Sie hielten tatsächlich die Köpfe gesenkt, und wenn man von ihnen zu knien verlangt hätte, dann hätten sie das vielleicht auch noch getan. Sie waren erschüttert. Sie waren am Boden zerstört. Seit seinem Auftritt in Blendy Blenders Talkshow hatte Perry Rhodan sich nicht mehr so miserabel gefühlt.

Damals hatte ihn Blendy Blender vor Milliarden von TV-Süchtigen unsterblich blamiert, als er ihm diese nun wirklich belanglose, wenngleich heftige Beziehung zu Myriam Mympo nachwies, und zwar so lückenlos, daß Perry sich nicht nur verhaspelte, sondern ganz unfreiwillig auch noch verriet, daß außer ihm auch Reginald Bull, Homer G. Adams und mindestens zehn weitere Regierungsmitglieder solche völlig belanglose, wenngleich heftige Beziehungen zu der Dame aus dem Showbusiness unterhalten hatten.

Doch das war einige Jahre her und fast verheilt. Myriam lebte sowieso nicht mehr; sie war eines tragischen Todes gestorben, dessen Umstände bis heute noch nicht... aber wir wollten vom Herrn der Herren reden.

Er erschien in der großen, erleuchteten Hangarschleuse seines Flaggschiffs, während dreißig Meter unter ihm die Köpfe gesenkt waren. Er saß in einer Art Schneidersitz (man könnte auch gut an Buddha denken) auf einer drei Meter großen Antigravscheibe und hatte die Arme über dem Bauch verschränkt.

Eine Minute lang blieb er dort oben und ließ seine Blicke über die Versammelten kreisen, und er sah, daß sie in Ehrfurcht erstarrt waren.

Das gefiel dem Herrn der Herren, und er gab seinem Persönlichen UPMVS einen Wink mit der zweiten Wimper von rechts, was soviel bedeutete wie: »Du hast deine Sache gut gemacht. Nun laß uns zu dem Gekriech hinab, auf daß sie mir huldigen.«

Der Roboter blinzelte zurück, indem er die Beleuchtung seines linken Auges kurz aus- und wieder einschaltete. Dann schritt er vor seinem Herrn die Rampe hinab.

In einigem Abstand folgte ihm der Herr der Herren auf seiner Scheibe, einen Meter hoch über der Rampe. Die Luft über dem Raumhafen von Terrania, der schon eine Menge erlebt hatte, schien stillzustehen, ja, zu knistern, geladen von Ehrfurcht vor dem Wesen, das dort die Rampe herabkam, wie von Engeln getragen und mehr Würde und Macht ausstrahlend als alle Scheinwerfer der Nachthalbkugel der Erde zusammen.

Und dann war er unten.

Sein Persönliches UPMVS trat zur Seite und blieb stehen, als die Antigravscheibe mit dem HdH dreieinhalb Meter vor den Kopfgebeugten stehenblieb.

Fanfaren ertönten – oder wenigstens etwas, das man mit einiger Fantasie dafür halten konnte.

Blitze zuckten vom Korkenzieherraumer, in allen Farben, in alle Richtungen. Das ganze Tamtam dauerte etwa drei Minuten.

Dann verklangen die gräßlichen Töne, und das Lichtfeuerwerk erlosch. Die normale Raumhafenbeleuchtung wurde um zwei Spuren schwächer, und alle Scheinwerfer richteten sich auf das Wesen, das gekommen war, um aus irgendwelchen Gründen die Herrschaft über die Erde zu übernehmen.

»Ihr dürft jetzt eure Häupter erheben«, quäkte es aus dem Translator ganz vorn auf der Antigravscheibe des HdH. »Aber schön vorsichtig.«

Jawohl, es *quäkte*.

Es quäkte, wie ein Frosch quäkte – oder eine Kröte.

Perry Rhodan schaltete natürlich blitzschnell wieder um – von ehrfürchtiger Ehrfurcht auf mißtrauisches Mißtrauen. Er hob ruckartig den Kopf und sah direkt ins Gesicht des Herren der Herren des Feurigen Nebels (was immer damit gemeint war, eine brennende Galaxis vielleicht; roter, nach Erdbeben duftender Kunstqualm; womöglich auch das Sternenreich des 2012 mit Schimpf und Schande davongejagten Supermagiers Daffyd Knopperföld).

(Nochmal eine Klammer: Jetzt müßte eigentlich ein Werbeblock kommen, um die Spannung zu steigern. Wer ist der Herr der Herren? Wie sieht er aus? Kennt Perry Rhodan ihn vielleicht von früher her? IST ES AM ENDE DAFFYD KNOPPERFÖLD?

Schleckt er lieber Mars oder Venus ab? Läßt er sich vom Hach- oder vom Huch-Schaumbad verwöhnen? Raucht er Morlbara oder BH? Oder gar Krächzorol? Welches PS-Ungetüm fährt er, wenn er Lust dazu hat?

Natürlich wäre das alles Unsinn, denn wo er herkommt, gibt es diese Qualitätsprodukte natürlich gar nicht, die wir unseren Lesern dennoch ans Herz legen wollen. Der Gesundheitsminister warnt vor den Gefahren des Rauchens und meint zu Recht, daß dieser Einschub jetzt lange und langweilend genug gewesen sei. Also zurück zum Herrn der Herren.)

Er war eine Kröte.

Er war eine anderthalb Meter große Kröte, die in dieser Art Schneidersitz auf ihrer Scheibe saß, die kurzen Arme über dem Bauch, aus dem direkt der monströse Kopf mit den vier großen, voll beweglichen Augen hervorwuchs.

Und er war nackt, wirklich vollkommen nackt.

Seine Haut war grünbraun und voller dicker, häßlicher Warzen. Auf ihr blubberte es unaufhörlich. Der Kopf war groß wie ein Ballon, und bei näherem Hinsehen stellte Perry Rhodan fest, daß die vier Augen nicht nur voll beweglich in ihren Höhlen waren, sondern mit diesen auf unregelmäßigen Bahnen über dem haarlosen Krötenschädel mit dem breiten Maul herumwanderten.

»In Ordnung«, sprach der Herr der Herren, nachdem die Terraner wieder zu atmen begonnen hatten. »Sagt schon, wie gräßlich ihr mich findet. Ich liebe diese Huldigungen. Und danach sage ich euch, was hier in Zukunft Sache ist.«

Und was will er, der Herr der Herren?

»Du bist so ziemlich das ekelhafteste, das mir jemals begegnet ist«, sprach Julian Tifflor und nickte Rhodan zu. »Jetzt sind Sie dran, Sir.«

»Du bist schön wie ein Schwan, lieblich wie eine jungerblühte Rose und weise wie der Prophet«, sülzte Rhodan und blickte Atlan an. »Jetzt du. Ich mußte das so sagen, wegen der Diplomatie.«

»Diese Skrupel habe ich nicht«, knurrte der Arkonide

und blies dem HdH (warum eigentlich nie umgekehrt?) ins breite, fette Krötengesicht: »Mein Herr, ich finde Sie zum Erbrechen.« Er nickte Gucky zu. »Deine Ansprache, Kleiner.«

»Könnte es sein, daß wir uns schon einmal gesehen haben?« fragte der Mausbiber, während er alle telekinetischen und telepathischen Tricks probierte, aber auf eine psionische Mauer stieß. »In Monte Carlo? Nizza? Auf Lepso in einer der tausend Spielhöllen? In Obergumpenbach vielleicht?«

»Nein«, quäkte der Herr der Herren.

»Obergumpenbach?« fragte Rhodan verwundert. »Was ist denn das für ein Kaff?«

»Wolly Vyltz hat einmal behauptet, daß mein Daddy Darl Clarkton dort Schleusenwärter sei«, erhielt er zur Antwort. »Aber davon wißt ihr Ignoranten ja nichts, ihr lest die Serie ja nicht.«

Adams, Mercant, Geoffrey Abel Waringer, die Mutanten und einige Generäle sagten dem Herrn der Herren noch, wie grauenhaft gräßlich sie ihn fänden, dann waren die Huldigungen vorüber, und man ging wieder zur Tagesordnung über.

»Ich danke euch für die Komplimente«, sprach der HdH, und zu Perry Rhodan gewandt: »Nur du hast mich etwas beleidigt. Aber jetzt hört meinen Willen.«

»Wir sind ganz Ohr«, meinte Atlan. »Ich nehme an, mein Herr, Sie wollen die Menschheit versklaven, die Galaxis erobern und Ihre eigene Filmfirma gründen, die das alles aufnimmt und danach mit Ihnen wieder verschwindet, um draußen im Feurigen Nebel Ihren Glanz und Ihre Glorie zu verkünden.«

»Du bist mir zuwider«, blubberte der Herr der Herren. »Mich einfach zu siezen, wer hat dir das erlaubt, Erdenwurm?«

»Arkonwurm, wenn schon!« protestierte der Kristallprinz a. D., bevor er vom UPMVS vom Boden geholt, paralysiert und zu den tausend gelähmten Elitesoldaten gelegt wurde.

Perry Rhodan wollte energisch protestieren, aber er bekam kein Wort heraus. Niemand konnte mehr einen Mucks von sich geben. Unsichtbare Verstummungsstrahlen des UPMVS hatten sie sprachlos gemacht, und so mußten sie schweigend anhören, was ihnen der HdH zu verkünden hatte.

»Ab sofort«, quäkte er, »haben wir hier die Macht. Zweitausend unserer Schiffe sind im Solsystem, jeweils fünfhundert in allen Sonnensystemen, die zum Solaren Imperium gehören. Rechnet euch selbst aus, wie viele das zusammen sind. Wir, die Herren des Feurigen Nebels, kontrollieren das Imperium, wenn es sein muß, bald die ganze Galaxis. Wir werden nicht ewig hierbleiben, dazu ist es hier viel zu langweilig. Aber auf unbestimmte Zeit, bis wir unsere Ziele erreicht haben. Danach verlassen wir euch wohl wieder, obwohl, vielleicht auch nicht. Vielleicht gewöhnen wir uns an die Langeweile. Alles kommt letzlich darauf an, wie kooperationsbereit ihr Terraner euch zeigt. Je eher wir das bekommen, was wir wollen, desto weniger Zeit haben wir, uns an die Langeweile zu gewöhnen. Bedenkt das. Wenn wir uns erst einmal irgendwo wohlfühlen, dann kriegen uns keine zehn Nasse Löcher mehr weg.«

Perry Rhodan wollte erneut protestieren, doch die Verstummungsstrahlen lähmten noch immer seine Stimme. Bis zum bitteren Ende mußte er sich anhören, was diese Herrenkröte an Hirnrissigem von sich gab.

Aber zum Glück schien es so, als käme der HdH jetzt endlich zum Ende.

»Ein jeder von euch«, machte er auch dem letzten Begriffsstutzigen klar, »wird uns ab sofort voll und ganz zur Verfügung stehen. Ihr werdet mir einen Palast errichten, der meiner würdig ist, und am Morgen eines jeden neuen Tages haben mindestens zehntausend Terraner in einer Prozession zu erscheinen, um mir zu huldigen und mich zu preisen. Sollte aber einer von euch auf den Gedanken kommen, ungehorsam zu sein oder gar Verrat zu üben, dann wird er erbarmungslos mit Zwangsbädern in Körperzermatschungs-, Alle-Sinne-Vernebelungs-, Ultraschmerz- oder Gehirnwaschstrahlen bestraft. Und wenn auch das nicht hilft, werden wir euren Widerstand dadurch brechen, daß ihr euch einen ganzen Tag lang, rund um die Uhr, eure eigenen Fernsehprogramme ansehen müßt. Erster Grad: Seifenoperserien. Zweiter Grad: Werbung. Dritter Grad: die letzten Wahlreden eurer Politiker, inklusive Perry Rhodans.«

»Oh nein, nur das nicht!« rief Tako Kakuta.

Als der Teleporter merkte, daß seine Stimme wieder funktionierte, erschrak er halbwegs zu Tode und grinste Rhodan entschuldigend an.

»So... war das nicht gemeint, Sir. Ich meinte... meinte wirklich nur die Wahlredner von der *Opposition*. Ehrlich...«

Perry Rhodan antwortete nicht, aber die steile Falte auf seiner Stirn sprach für sich.

Da wußte Kakuta, daß er als altgedientes Mitglied des Mutantenkorps erst einmal auf die Reservistenbank mußte, vielleicht sogar auf die Tribüne verbannt wurde.

2.

Die Herrschaft der Kröten (Mitte bis Ende Mai 2877)

Die neue Ordnung

Am 16. Mai war der Palast fertig. Er war direkt neben das Regierungsgebäude der Solaren Administration gebaut worden, war natürlich doppelt so hoch und sah im übrigen aus wie eine aus Gips und braunem Schlamm gefertigte, überdimensionale Grotte, die entweder ein begnadeter Künstler entworfen hatte oder ein im Sand-Matschkasten spielendes Kind.

Alle Gebäude, die dort vorher gestanden hatten – immerhin auf einer Fläche von rund einem mal einem Kilometer – waren von den Korkenzieherraumern einfach eingeebnet worden, genauer: restlos zerstrahlt (wie übrigens auch, nur zu Demonstration und rein prophylaktisch, die Städte Paris, Rom, Berlin und Entenkirchen).

Mittlerweile kreuzten die Spiralraumer so dicht über der Erde, daß man immer mindestens einen von ihnen sah, ganz egal wo man sich gerade aufhielt. Und überall in den Straßen patrouillierten die Herren des Feurigen Nebels und ließen sich huldigen.

Perry Rhodan stand an einem Fenster seines Büros und blickte voller Verachtung auf den Palast der Kröten hinab – oder besser gesagt, an ihm herauf.

»Widerlich«, sagte er. »Ein Haufen Schlamm, mit einem riesigen Eingang ganz unten und mindestens tausend Löchern rundherum, bis in die Spitze. Und überall hocken die Kröten und lassen sich die Sonne auf die Haut knallen. Wir sollten NATHAN veranlassen, das Klima auf Regenwetter umzustellen.«

»Bist du verrückt?« fragte Atlan. Gegen ein Lösegeld in Höhe von tausend Vogelspinnen, dem Lieblingsessen der Kröten, war er entparalysiert und auf freien Fuß gesetzt worden. »Dann fühlen sie sich erst richtig wohl. Und stell dir nur vor, sie kriegen plötzlich Frühlingsgefühle und fangen an, wie unsere einheimischen Kröten über die Erde zu wandern. Mittlerweile halten sich hier fünf Millionen von ihnen auf!«

Rhodans Augen wurden zu schmalen Schlitzen. Er drehte sich vom Fenster weg und sah seine engsten Mitarbeiter, die sich zu dieser Besprechung eingefunden hatten, raffiniert an.

»Krötenwanderung«, sagte er. »Das ist überhaupt die Idee...«

Reginald Bull, der inzwischen wieder auf Terra war, nachdem ihm die HdFN auf ausdrückliches Gesuch Perry Rhodans die Rückkehr ins Solsystem gestattet hatten, wußte sofort, was sein alter Freund und Kompagnon meinte.

Auch seine Augen verengten sich zu schmalen Schlitzen.

»Du denkst an eine Falle«, sagte er. »Wenn wir die verdammten Kröten erst einmal zum Wandern gebracht haben, könnten wir sie in eine Falle locken und einfangen, eine nach der anderen...«

Die versammelten Unsterblichen dachten darüber nach, Rhodan inzwischen wieder mit den Füßen auf seinem roten Marmortisch, die anderen davor, mehr oder weniger bequem sitzend.

Natürlich hatte Rhodan, gemäß Taktik F, keinen Moment auch nur daran verschwendet, an eine widerstandslose Übergabe des Solaren Imperiums an die HdFN zu denken. Allein schon deswegen, weil ihm das alle Chancen bei der bald bevorstehenden Neuwahl des Großadministrators gekostet hätte. Trotz aller Drohungen mit den verschiedensten, die menschliche Gesundheit schädigenden Strahlenbädern durch die Fremden kreisten seine Überlegungen nur um Möglichkeiten, die fremden Besatzer wieder von Terra und den zehntausenden anderen Welten des Imperiums zu vertreiben, wo sie sich genauso breit gemacht hatten.

Das gesamte Solare Imperium war nach wie vor, soviel wußte man, vom Rest der Galaxis isoliert. Akonen, Blues, Topsider und andere alte Kameraden witterten schon ihre Chance und ließen ihre Flotten an den Grenzen aufmarschieren. Kein Hyperfunkspruch, etwa zur Hundertsonnenwelt der Posbis oder nach Magellan und dem dort sitzenden Großhändler für galaktischen, zu etwas gesenkten Preisen wiederverwertbarem galaktischen Schrott, kam mehr heraus. Kein Kreuzerverband stieß in die unerforschten Gebiete der Milchstraße vor, um etwaigen aufstrebenden Sternenvölkern oder völlig unwissenden Eingeborenen zu erklären, wer der Herr im Hause dieser, unserer Galaxis war, oder die wahre Kultur beizubringen. Es kam absolut nichts mehr aus dem Solaren Imperium. Es war gerade so, als hätte es von gestern auf heute aufgehört zu existieren.

Atlans Augen wurden schließlich auch zu Schlitzen, noch schmaler als bei den anderen. Das konnte er am besten; kein Wunder bei der Übung.

»Eine Falle stellen, ja«, stimmte er bedingt zu. »Aber wie? Wir müßten sie alle auf einem Haufen erwischen. Wir müßten sie also aus unseren Städten und ihren Schiffen locken. Vor allem aber bräuchten wir einen riesigen Käfig, und den könnten wir nie unbeobachtet bauen. Und dann die UPMVS-Roboter!« Er schüttelte den Kopf. »Nein, uns muß etwas anderes einfallen.«

»Hmmmm«, sagte Perry Rhodan. »Ein halbes Imperium für die Muse, die uns küßt und uns sagt, wie...«

»Der Froschkönig!« rief Bully plötzlich aus. Er strahlte

über das ganze Gesicht. »Muse! Küssen! Das Märchen vom Froschkönig!«

»Igitt!« lispelte Gucky. »Du meinst doch nicht etwa, daß jemand von uns diesen... diesen Herrn der Herren auf sein häßliches Maul küssen sollte, in der Hoffnung, daß er sich in einen strahlenden Prinzen verwandeln würde?«

»Erstens ist er eine Kröte und kein Frosch«, sagte Atlan.

»Zweitens ist er schon ein König, also wäre er bestimmt nicht mit der Prinzenrolle zufrieden«, meinte Rhodan nachdenklich.

»Und drittens«, stellte Julian Tifflor fest, »wird sich bestimmt niemand finden, der *das* für die Menschheit tun würde.«

»War ja auch nur ein Vorschlag«, brummte Bull und stellte sich beleidigt ans Fenster. »Aber wer hört schon auf einen Vorschlag von mir, dem dummen Dicken?«

»Jetzt übertreib' nicht gleich wieder schamlos«, versuchte ihn Gucky zu trösten. »Immerhin wurde vor zwölf Jahren dein Vorschlag, die Gehälter der Regierungsmitglieder um zwanzig Prozent zu erhöhen, einstimmig angenommen.«

»Nicht von der Opposition«, brummelte Bull.

»Wer nimmt die denn schon ernst?«

Gucky kicherte und kletterte neben seinem alten Busenfreund auf eine Stuhllehne, so daß er auf die Straße hinabblicken konnte.

Dort näherte sich gerade die tägliche Huldigungsprozession dem Palast des HdH, ganz genau zehntausend Terraner und Terranerinnen, die für die Zeit ihrer Lobpreisung von ihren jeweiligen Arbeitgebern vollen Lohnausgleich gezahlt bekamen, auf einen Erlaß des HdH hin.

»Scheußlich«, sagte der Mausbiber. »Daß sich Terraner für so etwas hingeben...«

Überall standen Kröten mit Schockpeitschen und paßten genau auf, daß auch ordentlich gehuldigt wurde. Tat jemand es nicht und fiel auf, war ein Schlag mit der Knute fällig.

»Ihr Boß muß eine Art Mißgeburt sein«, vermutete Bully. »Alle anderen Kröten sehen auch aus wie Kröten, eben nur anderthalb Meter groß. Er aber hat einen Kopf, der mindestens doppelt so groß ist wie der aller anderen.«

Auf die *schreckliche Wahrheit* kamen aber weder Bully noch Gucky in diesem Augenblick, und es sollte eine gewisse Weile dauern, bis alle Welt erfuhr, was es tatsächlich mit dem großen Kopf des Herrn der Herren auf (oder in) sich hatte.

»Ich bin *doch* für eine Falle«, sagte Perry Rhodan mit Entschlossenheit im Blick und in der Stimme. »Das mit der Krötenwanderung war nicht schlecht. Äh, Geoffrey?«

»Äh, Perry?« fragte Professor Waringer zurück, Chefwissenschaftler des Solaren Imperiums und Schwiegersohn des Großadministrators.

»Könntest du dir vorstellen, einen Duftstoff zu entwikkeln, mit dem sich die Kröten alle an einen bestimmten Ort locken ließen?«

»Du meinst, so eine Art Sexualhormon, das sie ganz verrückt macht?«

Rhodan nickte, wenn auch etwas befremdet über die unwissenschaftliche Redeweise seines Schwiegersohns.

»Kein Problem«, behauptete Waringer. »Laß mir einige hundert irdische Kröten zum Experimentieren bringen, und ich liefere dir, was du willst. Sagen wir – in acht Tagen.«

»Großartig«, frohlockte Rhodan. »Bis dahin werden wir unter dem Vorwand einfacher Instandhaltungsarbeiten den Zoo von Terrania zu einer einzigen, riesigen Krötenfalle umbauen. Wenn alle drin sind, vor allem auch ihr Herr der Herren, machen wir den Sack zu und verfrachten sie auf einen Sumpfplaneten, auf dem sie bis ans Ende ihrer Tage glücklich in Schlamm wühlen und Vogelspinnen fressen können.« Er lächelte zufrieden. »Ganz nebenbei werden wir ihre Raumschiffe einkassieren und ihre Technik übernehmen, so wie wir es schon bei den Arkoniden, den Maahks und den Zeitpolizisten getan haben.«

»Das klappt nie«, warnte Atlan. Immerhin mußte er seiner Rolle als ewiger Mahner und Meckerer gerecht werden, aber in Wirklichkeit fand er die Idee inzwischen ebenfalls faszinierend. »Denke an die Roboter! Die VPM...«

»...UPMVS...«, korrigierte ihn Mercant grinsend.

»...UPMVS werden es nicht zulassen, daß wir ihre Herren einfach so gefangennehmen und wegschaffen.«

»Pah!« Perry winkte ab. »Sie werden zuerst denken, daß die Kröten aus eigenem Antrieb zu wandern beginnen. Und wenn sie dann vielleicht merken, was wirklich gespielt wird, haben wir ihren Herrn der Herren in unserer Gewalt und als Geisel. Sie werden nicht wagen, uns anzugreifen.«

Damit war der Beschluß einstimmig gefaßt und gebilligt.

Oder etwa nicht? Denn Atlan erlaubte sich ein Räuspern, das nach einem gewissen Unwillen klang.

Perry Rhodan zog eine Augenbraue in die Höhe und sah den Freund abwartend an.

»Was ist denn noch?« fragte er. »Was paßt dir nicht?«

»Die eigentliche Frage, um die es letztendlich doch geht«, antwortete der Ex-Imperator. »Jemand, der uns hier rein zufällig belauschte, der müßte glauben, daß wir alle Deppen sind, die sich diese Frage der Fragen überhaupt noch nicht gestellt haben.«

»Haben wir aber, wenn du das geheimnisvolle Ziel der Kröten meinst«, wurde er belehrt. »Aber wir haben keine Anhaltspunkte, und die HdFN rümpfen nur die Nase, wenn wir sie danach fragen.«

»*Das geht euch gar nichts an*«, äffte Gucky einen der

Besatzer nach. »*Kümmert ihr euch um eure Angelegenheiten. Wir kamen, wir suchen, und wir werden finden!*«

Rhodan beugte sich vor, legte die Ellbögen auf den Marmortisch und die Hände so gegeneinander, daß die Finger mit einiger Fantasie ein großes A bildeten.

»Bei allen Teufeln der Galaxis!« entfuhr es Julian Tifflor. »Sir, Sie werden doch nicht an die Taktik A denken! Das... das wäre das Ende...!«

»Taktik A?« wunderte sich der Großadministrator. Dann sah er auf seine Hände und grinste. »Nein, Tiff, natürlich nicht. Wie kann ein Mensch mir so etwas ernsthaft zutrauen?« Er dachte kurz nach, als alle anderen laut aufatmeten, und meinte danach: »Obwohl das vielleicht gar keine so üble Idee wäre...«

Die Krötenfalle und ihre Folgen

Professor Waringer benötigte nur *sieben* Tage, um das Krötenlockhormon zu finden, auf die Riesenkröten aus dem Feurigen Nebel feinabzustimmen und in den nötigen Mengen herstellen zu lassen. Die Abstimmung, der vielleicht entscheidende Faktor des Ganzen, war ein absoluter und unerwarteter Glücksfall gewesen.

Zwei Kröten nämlich, die gemeinsam am Ufer des Goshun-Sees patrouilliert hatten (in Wirklichkeit aber ihren kleineren, irdischen Vettern und Cousinen beim Paarungsspiel zusehen wollten), hatten ein altes ›Lurchi‹-Heft gefunden, gelesen und sich dabei totgelacht.

Ein Spaziergänger, der zufällig ausgemusterter Agent der Solaren Abwehr war, hatte die toten Besatzer entdeckt und mit dem untrüglichen Scharfsinn eines geschulten Spezialisten erkannt, was er zu tun hatte. Also bedeckte er die langsam schon unansehnlich werdenden, platzende

Blasen werfenden Leichen mit Reisig und Schilfgras und eilte, als harmloser Jogger getarnt, zur nächsten Kontaktstelle der SolAb, wo er seinen Fund meldete.

Über dunkle Kanäle gelangte die Nachricht so an das SolAb-Hauptquartier, und die beiden toten HdFN gelangten auf noch dunkleren Kanälen, nämlich durch etliche Abwasserrohre, nach Terrania-City und in Waringers geheime Labors.

Als der Wissenschaftler die ersten Kübel des Krötenlockhormons abliefern konnte, war im Zoo schon alles bereit. Sämtliche Freigehege – außer den Raubtierkäfigen und dem Elefantenfriedhof natürlich – waren geräumt worden. Die Tiere hatte man mit in die Raubtierkäfige gesteckt, was den Löwen, Tigern und Panthern lautes Freudengebrüll entlockte. Natürlich nur, bis sie sich sattgefressen hatten. Danach klang ihr Gebrüll irgendwie anders, wie von zu vollem Magen.

Alle anderen Gehege, immerhin eine halbwegs zusammenhängende Fläche von gut hundert Quadratkilometern, waren präpariert worden. Hundertschaften von Zoofacharbeitern (in Wahrheit natürlich getarnte SolAb-Agenten) waren mit Schaufeln, Mistgabeln, Traktoren, Lastgleitern und Antigravscheiben eingerückt, angeblich um Frühjahrsputz zu halten.

In Wirklichkeit installierten sie Elektroschockzäune und verlegten einige hunderttausend Eisenstangen im Boden rings um die Gehege, die sich durch einen ganz einfachen Mechanismus zum richtigen Zeitpunkt aufrichten, ineinander verhaken und zu einem massiven Gitterzaun verbinden würden.

Die Elektrizität sollte aus einer riesigen Tretmühle im Elefantenhaus gewonnen werden, in der die letzten Dickhäuter der Erde strampelten wie die Hamster. Sie konnten schließlich auch einmal etwas dafür tun, daß man sie bis in dieses 29. Jahrhundert hinübergerettet hatte.

Aber die HdFN würden umsonst versuchen, die Terraner und ihre Falle mit ihren Unheimlichen Energieentzugsstrahlen zu stoppen. Sie konnten damit Generatoren lahmlegen, Besser-als-Atom-Kraftwerke, auch herkömmliche Fusionsmeiler – aber ganz bestimmt nicht ein halbes Dutzend Elefanten.

So kam der Tag, der zum Tag der Befreiung werden sollte.

Am 27. Mai 2877 AGZ (Alte Galaktische Zeitrechnung) gab Perry Rhodan den Startschuß für die ›Aktion Krötenfrei‹.

Mehrere hundert Kübel Krötenlockmittel wurden genau in der Mitte des Zoogeländes ausgeschüttet. Den Kröten, die neugierig und mißtrauisch auf der Bildfläche erschienen, sagte man, daß es sich bei der zähflüssigen, braunen Substanz um eine Mischung aus Ungeziefervernichtungsmittel, Dünger und Spezialnahrung für die Zootiere handle, die noch nicht von den Tigern, Löwen und so weiter gefressen worden waren.

Weitere Fragen stellten die HdFN nicht, denn bevor der als Oberwärter zurechtgemachte Reginald Bull überhaupt zu Ende gesprochen hatte, waren die Besatzer von der Wirkung des Hormons überwältigt, watschelten stieren Blickes auf die riesige Lache des Mittels zu und stürzten sich hinein.

Ertrinken konnte sie nicht darin, aber Perry Rhodan, der mit Atlan zusammen als harmloser Zoobesucher getarnt war und die Szene vom Aussichtsturm mit den Greifvogelhorsten aus beobachtete, hatte die schlimme Befürchtung, daß sie den Verstand verloren. Sie wälzten sich in der braunen Brühe, quäkten und quiekten, machten Luftsprünge, und dann...

(Was dann geschah, kann der interessierte Leser in der Hardcore-Fassung dieses Romans erfahren, sobald diese von der Bundesprüfstelle für jugendgefährdende Schriften zum Vertrieb freigegeben worden ist. Das könnte allerdings einige Jahre dauern. Der Titel dieses – zugegeben, abscheulichen – Machwerks lautet dann: ›In der Krötengrube wird gejodelt‹.)

»Da kommen die ersten aus der Stadt«, sagte Atlan triumphierend. »Bei Arkons Göttern, mein Plan funktioniert!«

»Wessen Plan?« fragte Rhodan finster.

»Unser Plan, natürlich«, gab der Arkonide hektisch zu. »Aber jetzt streiten wir nicht, sondern genießen den Augenblick der Befreiung.«

»Ohne daß ein Tropfen Blut geflossen wäre«, machte Perry ihn aufmerksam. »Das liegt mir besonders am Herzen.« Er drehte den Kopf und sah zum Raubtiergehege hinab. »Na ja, ganz ohne Opfer geht es nun mal nicht. Der arme Henry ist jetzt wohl auch schon hinüber...«

»Die Kröten«, lenkte ihn Atlan von seinen Selbstvorwürfen ab. Und sie kamen zu Dutzenden, zu Hunderten und zu Tausenden. Sie alle folgten dem Geruch, der sich rund um den Erdball verbreitete, und es wurden Zehntausende, Hunderttausende, ja Millionen. Sie kamen in riesigen Kolonnen und weiten Sprüngen, und sie stürzten sich in das inzwischen unbeschreiblich gewordene, an die zwanzig Meter hohe Getümmel in der braunen Brühe, die fast nicht mehr für alle ausreichte. Professor Waringer pumpte über versteckt angelegte Rohrleitungen zwar schon stundenlang Nachschub heran, aber irgendwann war auch er mit seiner Kapazität am Ende.

»Wo ist eigentlich Bully?« fragte Atlan. »Ich sehe ihn schon lange nicht mehr.«

Perry winkte lässig ab.

»Er konnte sich nicht schnell genug in Sicherheit bringen und steckt jetzt mitten unter den Kröten. Aber ihm kann nichts passieren, er trägt unter seiner Wäsche einen SERUN.«

»Oh«, seufzte der Arkonide erleichtert. »Du meinst einen Super-Einmaligen-Rettungsanzug-Unter-Normalbekleidung. Dann ist ja alles in Butter.«

»Natürlich meine ich einen Super-Einmaligen-Rettungsanzug-Unter-Normalbekleidung. Die richtigen SERUNS werden ja erst noch erfunden, so in rund tausend Jahren.«

»Liest du auch diese merkwürdige Serie, wie Gucky?« wunderte sich der Gefährte.

»Nein«, antwortete Rhodan. »Aber manchmal bin ich Visionär.«

»Aha.«

Die Kröten quiekten und quäkten, sprangen meterhoch in die Luft und klatschten in den Haufen ihrer Artgenossen zurück. Und sie kamen aus den Raumschiffen. Professor Waringer hatte über einen erst kürzlich (als ob er so etwas geahnt hätte) von ihm entwickelten Duftübertragungstransmitter den HdFN da oben im Orbit gezeigt, was hier unten Sache war, und sie regneten förmlich von allen Himmeln herab.

Nur einer war noch nicht erschienen.

»Es müßten jetzt eigentlich alle da sein«, sagte Atlan, 22 Stunden und 17 Minuten, nachdem die ersten Kröten in den Hormonbrei geplatscht waren. »Es kommt jedenfalls keiner mehr nach.«

»Vielleicht drei oder vier vom anderen Ende der Erde«, mutmaßte Ras Tschubai, der von seinem bisherigen Beobachtungsposten (er hatte am Kassenhäuschen Nummer vier gesessen, als Kassierer verkleidet) auf den Turm teleportiert war. »Es ist immerhin eine ganz schöne Strekke.«

»Unsinn«, widersprach Gucky, bisher als Känguruh maskiert im Raubtiergehege immer die Tiger, Löwen und so telekinetisch auf Distanz haltend. »Die sind so wild auf diesen Lockgestank, daß sie ganz ohne technische Hilfsmittel bald überlichtschnell hierherstürzen. Technisch gesehen, müßten jetzt alle da sein, einschließlich der Korkenzieherbesatzungen.«

Perry Rhodan hörte sich noch die Berichte der als Kassierer in den restlichen Kassenhäuschen getarnt sitzenden übrigen Mutanten an, dann schaltete er sofort um und traf eine seiner berühmt-berüchtigten Blitzentscheidungen.

»Allan«, sagte er zu Mercant, »wir haben auch diesen Fall durchdiskutiert. Nämlich daß wir alle Kröten herbekommen, ihr Herr aber nicht erscheint.«

»Wir, Sir?« fragte Mercant verwundert.

Rhodan seufzte und verdrehte die Augen, während sich den anderen der Magen verdrehte, beim Anblick dessen, was die Vielmillionen Kröten da unten im Sumpf *jetzt* taten. »Ausnahmsweise ich und ich, wenn Sie es genau wissen wollen. Jetzt müssen wir doch zu härteren Mitteln greifen. Der Herr der Herren ist offenbar ein Mutant, der gegen den Lockstoff immun ist.«

»Oder ein Eunuch«, kicherte Gucky.

»Leutnant Guck!« erhielt er prompt seinen Tadel vom großen Administrator. »Ich darf doch sehr bitten. Also: Wir machen die Falle hier jetzt zu. Gleichzeitig stürmt ein Kommandotrupp der Solaren Abwehr den Palast dieser Oberkröte. Wir werden ihn überwältigen und ihm auf den häßlichen Kopf zusagen, daß...«

»Äh, Sir...«, meldete sich Tako Kakuta bescheiden, der eine neue Chance bekommen hatte.

»Was ist denn?« fragte Rhodan ungehalten.

»Ich möchte nur darauf hinweisen, daß einige Ihrer Äußerungen über die Herren des Feurigen Nebels in den Ohren von Leuten, die Sie nicht so gut kennen wie wir, äh... vielleicht rassistisch klingen könnten.«

(Das war nun wirklich ein schwerer Vorwurf, ein schlimmer Verdacht und ein noch schlimmerer Fehler des

Teleporter-Mutanten. Deshalb sei an dieser Stelle darauf hingewiesen, für Leute, die Perry Rhodan nicht so gut kennen, daß Perry seit seinem siebzehnten Lebensjahr ganz entschieden gegen Rassismus und Fremdenfeindlichkeit protestiert und gekämpft hat! Und übrigens, was die Zootiere bei den Raubtieren betrifft: Glaubt das nicht, Leute. Dies ist nur ein Roman. Hier ist alles an den Haaren herbeigezogen, die kranke Fantasie eines Autors. Die Löwen, Tiger usw. haben vielleicht fünfzig oder hundert Warzenschweine, Gazellen, Büffel und anderes Viehzeug gefressen, mehr aber ganz bestimmt nicht. Und was bekommen sie denn heute als Futter? Etwa Hirsebrei?

PERRY RHODAN UNTERSTÜTZT KAMPAGNEN GEGEN RASSISMUS UND FÜR DIE ERHALTUNG DER ARTEN!

Wir blicken kurz zur Regie. Noch kein Werbeblock? Dann weiter mit der spannenden Handlung und der bangen Frage: Was ist los mit dem HdH? Warum darf man das nie umgekehrt sagen? Wird es Perry Rhodan gelingen, die Erde noch einmal zu retten?

Antwort auf diese Fragen erhalten wir vielleicht in diesem oder einem der nächsten Kapitel!)

Tako Kakuta wußte, daß er sich falsch ausgedrückt hatte; nie hätte er das so drastisch formulieren wollen. Und überhaupt, nie hätte er Perry Rhodan einen solchen Vorwurf allen Ernstes gemacht! Doch nun war es heraus, und er wäre wohl wieder auf die Strafbank versetzt worden, wenn nicht in diesem Augenblick der inzwischen nächtliche Himmel sich genau über dem Krötengetümmel erhellt hätte, und das Gesicht des Herrn der Herren in seiner vollen Pracht erschienen wäre, von Horizont zu Horizont, etwas verwaschen, aber unverwechselbar.

»Wer wagt es«, rollte die Quäkstimme über das Land, daß die Gräser erzitterten, die Bäume sich bogen und selbst die Löwen und Tiger aufhörten, laut brüllend über ihre Leibschmerzen und ihr Übergewicht zu klagen, »mich in meinem Schlaf zu stören?«

»Im Schlaf stören?« fragte Atlan flüsternd. »Wie meint er denn das jetzt? Der Duft sollte ihn *heiß* machen, nicht müde.«

»Er ist ein Mutant«, ahnte Perry Fürchterliches. »Bei ihm wirkt das Lockmittel am Ende noch... ganz anders, umgekehrt...«

Die vier Glubschaugen des HdH, bisher noch halb geschlossen, öffneten sich und erfaßten die ganze Szenerie unter dem von seiner Projektion erfüllten Himmel.

»Ahaaaa!« quäkte er aus. »So ist das also! Das Gekriech versucht den Aufstand. Na, dann wollen wir ihm doch mal zeigen, wie bei uns solch ein widerwärtiger Verrat bestraft wird!«

»Äh, hör mal zu, HdH!« begann Perry Rhodan, aber er kam nicht dazu, ein einziges Wort zur Verteidigung vorzubringen. Denn plötzlich färbte sich das Gesicht des Herrn der Herren kobaltblau, es verzerrte sich, ein wirklich nicht zu beschreibender Schrei löste sich aus dem Froschmaul und erschütterte das Universum.

»Jetzt hast du es umgekehrt gesagt!« klagte der HdH den Terraner an. Man hatte das Gefühl, das Quaken müsse bis zum Sirius zu hören sein. »Du hast es gewagt, Erdenwurm!«

»W... was?« Rhodan blickte seine Gefährten hilfesuchend und total konfus an. »Was habe ich gewagt und gesagt?«

»Von hinten nach vorne!« donnerte die Krötenstimme. »Das werdet ihr alle büßen, aber du am schlimmsten!« Die Stimme hob sich noch um 22 Prozent. »UPMVS herbei! Befreit meine Kinder, Neffen und Brüder! Und danach nehmt diesen Frevler gefangen und steckt ihn in unsere Spezialstrahlenbäder! Wenn ihr das getan habt, ebnet ihre

Hauptstadt nach Plan S ein, aber gründlich – und daß ihr bloß meinen Palast nicht beschädigt!«

»Plan S?« fragte Atlan entgeistert. »Was bedeutet das jetzt schon wieder?«

»Weiß ich doch nicht«, schrie Perry Rhodan empört. »Sag mir lieber, wie ich mich hier ganz schnell dünnemachen kann! Ich habe absolut keine Lust auf die Körperzermatschungs- und ihre anderen Strahlenbäder. Überhaupt weiß ich gar nicht, was ich getan haben soll.«

»Sie haben es umgekehrt ausgesprochen«, belehrte ihn Julian Tifflor. »Sie haben statt ›HdH‹ diesmal ›HdH‹ gesagt, Sir.«

»Seid ihr denn alle verrückt?« fragte Rhodan.

»Ich habe es genau gehört, Julian Tifflor!« donnerte es vom Himmel, während die ersten Roboter aus den Raumschiffen herabschwebten. »Du hast es auch rückwärts gesagt, und du wirst Rhodan ins Strahlenbad begleiten!«

»Ein Irrenhaus«, stöhnte Rhodan. »Bringt mich in ein Irrenhaus. Da ist es normaler als hier!«

3.

Die Suche der Kröten (ab Anfang Juni 2877)

Blutige Nasen in der Galaxis

Die Wirkung der Strahlenbäder sollte, so war aus dem Palast des Herrn der Herren verlautet, nach etwa drei Tagen nachlassen. Jedenfalls traf das auf Menschen mit einem Zellaktivator zu.

Wer nicht in der glücklichen Lage war, solch ein fantastisches Gerät zu besitzen, der überlebte die Prozedur nicht, sondern wurde wirklich zermatscht und so vernebelt und gehirngewaschen, daß er sich so sehr zu sterben wünschte, bis er es endlich auch tat.

Dieser dritte Tag war nun angebrochen.

Perry Rhodan und Tifflor wurden im Regierungsgebäude gepflegt. Alle Gefährten warteten sehnlichst darauf, daß der Großadministrator wieder aus seinem Zermatschungszustand aufwachte, aber dieser noch herrschende Zustand, eine Mischung zwischen geistiger Vernebelung und von einem Schwerlaster überfahren worden zu sein, hatte für Perry auch sein Gutes.

So bekam er die diversen Appelle nicht mit, die der Herr der Herren an die Erdbevölkerung richtete – oder vielmehr, und das war viel schlimmer, richten ließ.

Der HdH hatte sich nämlich, aus psychotaktischen Gründen, einen Pressesprecher zugelegt, zwar einen Terraner, aber nicht unbedingt aus den ersten Reihen.

Der offizielle Sprecher der neuen Regierung des Solaren Imperiums hieß Blendy Blender und war bis vor kurzem noch einer der gefragtesten Talkmaster im Terra-TV gewesen.

(Wir erinnern uns: diese Sache mit Perry, Bully, Homer und Myriam Mympo, und wer sonst noch dazugehört hatte.)

Jede volle Stunde verlas dieser Blendy Blender, mittelgroß, blonde Haare, Zahnpastalächeln und ganz fieser Blick, die neuesten Verlautbarungen der Herren des Feurigen Nebels, die inzwischen wieder alle auf ihrem Posten waren. Experten schätzten allerdings, daß nach der Orgie im Zoo bald Nachwuchs zu erwarten sei, der in sämtlichen Tümpeln, Teichen, Bächen und Flüssen, Meeren und Ozeanen der Erde kaum Platz hätte.

»...wurde am Rand des Goshun-Sees ein weiterer Widerstandskämpfer gefangengenommen«, las Blendy gerade ab, »und in Sicherheitsverwahrung gebracht. Ein Glück, daß es nicht zwei waren, Leute, denn das hätte schon nach einer Verschwörung aussehen können. Denn wenn drei oder mehr Terraner ihre Köpfe auf offener Straße oder am Seeufer zusammenstecken, dann könnte man daraus schließen, daß sie eine Revolution anzetteln wollen.«

»Idiot«, zürnte Gucky. »Wenn es zwei sind, die ihre Köpfe zusammenstecken, könnten sie sich ganz einfach nur küssen!«

»Und drei?« fragte John Marshall. »Wenn es wirklich schon drei sind?«

Der Mausbiber stemmte wütend die Fäustchen in die fetten Hüften und giftete:

»Ihr und eure schmutzige Fantasie! Wenn das noch lange so weitergeht, dann steige ich aus diesem Roman aus!«

»Psss!« machte Atlan. »Laßt uns weiterhören, was uns dieser Blödian zu verklickern hat.«

Blendy Blender sah zahnpastalächelnd in die Kameras. Er wirkte wie fünfzig, aber Insider wußten, daß er in Wirklichkeit weit über hundert Jahre alt war und sein jugendliches Aussehen der sogenannten Jackson-Kur verdankte, die in einigen Regionen Terras immer noch ungestraft praktiziert werden durfte.

»Der Herr der Herren hat in seiner unendlichen Güte beschlossen«, strahlte Blender, »die von seinen UPMVS in einer als gemäßigt zu bezeichnenden Bestrafungsaktion nach Plan S pulverisierten Stadtteile Terranias wiederaufzubauen. Es bedeutet ganz sicher eine willkommene Bereicherung unserer architektonischen Landschaft, daß statt der häßlichen Wolkenkratzer nun eine Mustersiedlung für die Herren des Feurigen Nebels erschaffen wird.«

»Krötenhügel«, empörte sich Adams. »Igitt!«

»Und nun die neuesten Nachrichten aus der Galaxis«, kündigte der Regierungs- und Nachrichtensprecher mit unwiderstehlichem Grinsen an. »Es ist uns eine besondere Genugtuung, allen Terranern und Bürgern des Solaren Imperiums vermelden zu können, daß die Gefahr durch die an den Imperiumsgrenzen aufmarschierten Flotten der Blues, Akonen, Topsider und anderer galaktischer Unruhestifter, die seit dem Schweigen des Solaren Imperiums ihre Chance witterten, gebannt ist. Die Flotten der Aggressoren wurden von den Korkenzieherraumern unserer Freunde, Verbündeten und Herren in einem einzigen Feuerschlag vernichtet oder in die Flucht geschlagen. Es besteht keine Gefahr mehr für irgendwelche Welten des Solaren Imperiums. Und das verdanken wir ganz allein unseren Freunden aus dem Feurigen Nebel.«

»Beifall«, forderte Kakuta sarkastisch, auf seine Chance der Wiedergutmachung hoffend. »Beifall für den größten Hirni des Universums.«

»Perry!« rief Bully aus, inzwischen endgültig vom Gestank der Krötendüfte befreit und auch wieder in der Lage, sich normal zu bewegen. »Seht, er kommt zu sich. Er schlägt die Augen auf.«

Perry Rhodan hatte bislang auf einem Konturkrankenbett gelegen, zusammen mit Julian Tifflor, in einem riesigen Krankenzimmer, worin sich alle Mitarbeiter drängten und jetzt weiterverfolgten, was Blendy Blender noch zu verkünden hatte.

Es mußte etwas ganz unheimlich Bedeutendes sein, denn Blender vergaß jetzt sogar sein Zahnpastalächeln. Nun wirkte er so ernst wie die Tagesschausprecher in weit zurückliegenden Jahrhunderten.

»Meine lieben Freunde und Mitterraner«, sagte der sensationsgewohnte Ex-Talkmaster. »In diesem Moment geht mir eine Erklärung zu, die unser Herr Großadministrator, Perry Rhodan, höchstpersönlich an die gesamte Galaxis gerichtet hat.«

Perry, vom Zellaktivator mit neuer Kraft und Geistesklarheit durchflutet, richtete sich auf dem Lager auf, schüttelte noch etwas benommen den Kopf und fragte halblaut: »Was? Welche Erklärung?«

Blendy Blender klärte ihn auf.

»Perry Rhodan«, verkündete er der staunenden Menschheit, »hat in einer Hyperfunkbotschaft dem gesamten Rest der Galaxis erklärt, daß es sich bei dem vermeintlichen Zusammenbruch des Solaren Imperiums in Wirklichkeit nur um ein imperiumsweites Flottenmanöver handelt. Auf dem gesamten Gebiet des Imperiums finden, so Rhodan, streng geheime Manöver statt, bei denen auch ein neuer Raumschiffstyp getestet werden soll – korkenzieherförmige Schiffe mit ihrem neuen, dem Unheimlichen Geheimwaffensystem, kurz UGWS. Sollte ein Akone, Blue oder sonstwer es wagen, sich während des Manövers noch einmal auf Imperiumsgebiet zu begeben, wird er ohne Vorwarnung abgeschossen.«

»Wo bin ich hier?« fragte Rhodan.

Bully sagte es ihm.

»Aber ich wollte ins Irrenhaus! Die Welt der Normalen wird ja von Tag zu Tag verrückter! Ich habe nie eine derartige Botschaft verfaßt, geschweige denn abstrahlen lassen!«

»Äh«, machte Tako Kakuta, sehr vorsichtig. »Wirklich nicht, Sir?«

Der Einwand des Teleporters war durchaus berechtigt, denn nun wurde die angebliche Hyperfunkbotschaft des Großadministrators im genauen Wortlaut eingeblendet, mit Perry Rhodan als Sprecher.

Perry Rhodan fühlte, wie sich ihm der Magen zu heben begann. Er sprang aus dem Bett, natürlich noch im blauen, knielangen Krankenhemd, und starrte mit offenem Mund auf den Bildschirm, der *ihn* zeigte, *ihn* bei seiner Rede an die Völker der Galaxis.

Und die anderen starrten ihn auch an, *ihn* hier im Zimmer, und *ihn* dort im Fernsehen.

»Sie... könnten das wirklich sein, Sir«, sagte Kakuta zögernd, fügte aber schnell hinzu: »Aber wir alle sind Zeuge, daß Sie diesen Schwachsinn nie gesagt haben können. Drohe mir, was wolle: Ich werde bezeugen und beschwören, daß ich seit der Landung der Kröten immer in Ihrer Nähe war!«

Das stimmte natürlich nicht, jeder wußte das. Der Mutant versprach sich wahrscheinlich ein paar persönliche Pluspunkte für sich.

»Wenn es einer bestätigen kann, dann ich«, sagte Mercant. »Meine Agenten haben den Großadministrator rund um die Uhr bespitzelt, wie schon immer – seit den Tagen der Dritten Macht. Er kann diese Botschaft nicht verlesen haben.«

In seiner Empörung überhörte Perry Rhodan gewisse Teile dieser Bemerkung einfach. Er wartete, bis sein Ebenbild endlich aufgehört hatte, die Galaxis zu belügen.

Dann sagte er, nachdem er sich gefaßt hatte (und zwar an die Stirn):

»Freunde, Genossen...«

»Na, na!« machte Adams.

»Ich meine natürlich *Weggenossen*; wenn ich das da nicht war, wer dann? Und ich war's nicht!«

»Ein Doppelgänger, natürlich«, glaubte Atlan. »Wäre ja nicht das erstemal.«

Perry schüttelte energisch den Kopf.

»Kein Doppelgänger würde mich so perfekt imitieren. Und kein Doppelgänger könnte wissen, daß ich beim Wort ›Scheißkram‹ zweimal mit der linken Wimper zucke.«

»Scheißkram?« entsetzte sich Tifflor, der nun ebenfalls wieder halbwegs fit war. »So etwas sagen Sie, Sir?«

»Nur wenn ich allein bin, nie in der Öffentlichkeit. Und auch höchstens einmal im Jahr, wenn ich wieder ein Jahr älter geworden bin. Und dieser andere Rhodan im TV hat ›Scheißkram‹ gesagt und dabei mit der Wimper gezuckt, mit der linken, zweimal!«

»Hmmm«, machten Atlan, Bull und die Mutanten.

»Dann weiß nur einer die Antwort, Sir«, meinte Julian Tifflor. Rhodan lachte trocken.

»Etwa dieser Blendy Blender?«

»Natürlich nicht, der ist doch nur eine Marionette.«

»Der König der Kröten«, sagten Atlan und die Mutanten wie aus einem Mund. »Der Herr der Herren…«

Rhodan nickte grimmig.

»Und ich werde diesen Herrn jetzt zur Rede stellen. Auch meine Geduld hat Grenzen, und ich lasse mich doch nicht vor der ganzen Galaxis blamieren.«

»Du willst zu ihm, Perry?« fragte Gucky. »Du willst wirklich in… in diesen häßlichen Palast, dem HdH vor die Füße spucken, ihn zum Schein nach der Uhrzeit fragen und ob es im Feurigen Nebel auch eine Miß Universum gebe und ihm dann…«

»Du hast wieder in meinen Gedanken spioniert«, schimpfte Perry. »Ich verbitte mir das, ein für allemal.«

»Wieso sollte ich das getan haben?« protestierte der Mausbiber, ließ aber seinen Nagezahn blitzen. »Ist doch ganz klar, was du in dem Palast tun würdest. Ganz logisch, oder? Und außerdem wäre es mir viel lieber, ich könnte in den Gedanken dieses Krötenmonstrums lesen, aber da geht nach wie vor gar nichts – genau wie bei seinen normalen Artgenossen. Als ob sie alle mentalstabilisiert wären!«

Er sah Tako Kakuta beifallheischend an, aber der hatte seine eigenen Probleme und schwieg lieber.

Perry Rhodan und das PFUI

Bevor Perry Rhodan sich in Staatsrobe warf und seinen Weg zum HdH antrat, erfuhr er von Allen D. Mercant noch einige überraschende und vielleicht überaus interessante Neuigkeiten über das Treiben der Kröten auf Terra.

SolAb-Agenten hatten nämlich an mehreren verschiedenen Orten der Erde beobachtet, daß die HdFN – immer mehrere von ihnen in einem Trupp – damit begonnen hatten, überaus geheimnisvollen Tätigkeiten nachzugehen.

Sie ließen von ihren Korkenzieherraumern Arbeitsgerät herabschweben und von Robotern zusammenbauen. Bei diesen handelte es sich ausnahmsweise nicht um UPMVS, sondern um fast ganz normale Arbeitsrobbies, wie die Terraner sie auch schon längst hatten.

Und dann begannen sie zu bohren.

Sie trieben Schächte in die Erdkruste, und in riesigen Laborzeltkuppeln geschahen Dinge, von denen kein Mensch eine Vorstellung hatte. SolAb-Agenten, als Bauern, Farmer, Grizzlybären oder wandernde Sträucher getarnt, hatten leider noch überhaupt nichts herausfinden können – außer daß die Herrn des Feurigen Nebels ackerten und ackerten, und das im Sinne des Wortes.

In einigen Gegenden der Erde gab es noch Farmer und Bauern, die keine SolAb-Agenten waren und ganz froh darüber, ihre Felder gratis umgewühlt zu bekommen. Ein Fall wurde bekannt, in dem ein solches Bäuerlein einem Krötenbohrtrupp, der seine Felder durchpflügt hatte, das Saatgut für die nächste Ernte zur Verfügung gestellt hatte, damit sie es gleich mit einbrächten.

Die HdFN schienen allerdings wenig Humor zu besitzen, denn sie nahmen den Bauern, der nun *ausnahmsweise* und *wirklich* einmal *kein* SolAb-Agent war, einfach gefangen und beschuldigten ihn, ihnen mit dem Saatgut eine Geheimwaffe unterzujubeln versucht zu haben.

Auf jeden Fall gruben und bohrten sie weiter. Kein Mensch erhielt von ihnen eine ordentliche Antwort auf die höfliche Frage, was sie da trieben.

»Ich werde den Herrn der Herren auch danach fragen«, kündigte Perry Rhodan an, bevor er das Regierungsgebäude endgültig verließ und sich, ganz allein, auf den bitteren, vor allem stinkenden Weg in den Palast des HdH machte.

(Um es noch einmal ganz klar zu sagen: Das mit dem Stinken ist keine Diskriminierung Andersriechender! Für die Herrn des Feurigen Nebels stinken wir Terraner nicht minder – es erfreut sich nun mal nicht jeder am gleichen Duft. Irgendwie sind wir alle Stinker.)

Die allmorgendliche Prozession der Zehntausend war vorüber. Am Eingang des Krötenpalasts stellten sich Rhodan mindestens zehn schwerbewaffnete Wachen in den Weg und verlangten die Parole, die jeder aufsagen mußte, der Zutritt verlangte.

»Kroooaaaaaahkhhh!« wies sich der Großadministrator als Befugter aus und wurde eingelassen. Er bekam großzügigerweise jeden Morgen die neue Tagesparole vom HdH mitgeteilt, und wenn jemand meint, daß sie ziemlich beknackt klinge, dann sei ihm gesagt: Kein Besatzer einer fremden Welt läßt sich von den Besetzten seine eigene Parole diktieren. Mit anderen Worten, ›Kroooaaaaahkhhh‹ stammte aus der Sprache der HdFN und bedeutete soviel wie ›Es regnet zwar wieder, aber das macht der Sonne nichts aus.‹

Perry Rhodan wurde durch matschige, braune Gänge geführt, in denen es ... na, ja, eben stank. Mittendrin in diesem Gematsche gab es blankpolierte Antigravlifte, die den Terraner in immer höhere Stockwerke trugen. Begleitet von einer Vier-Kröten-Eskorte, stand er dann schließlich vor den breiten Toren, hinter denen sich der Regierungssaal des Herrn der Herren verbarg.

Zwei Kröten standen davor Wache und verlangten wieder eine Parole. Sie klang nicht viel anders als die vorherige, deshalb sei nur ihre Übersetzung erwähnt: ›Wenn der Hahn kräht auf dem Mist, die Kröte ihre Suppe frißt.‹

Perry Rhodan schüttelte nur den Kopf und wartete geduldig, bis sich die Tore vor ihm öffneten und er von der Eskorte in den Regierungssaal geführt wurde, eine Art riesige Grotte von zwanzig Metern Durchmesser. Die Decke war kuppelartig gewölbt, von ihr tropfte ständig graubrauner Matsch auf die kostbaren Teppiche herab, die den Boden bedeckten.

Ein giftgrüner Läufer führte zum Thron des Herrn der Herren, der gerade dabei war, zum Frühstück einige Dutzend gegrillte Vogelspinnen zu verspeisen, mit einer erlesenen Sauce aus pürierten Regenwürmern, Teichrosenblättern, gestampften Maulbeeren und einer ganzen Reihe von exotischen Gewürzen.

»Setz dich«, bot der HdH dem terranischen Großadministrator an. »Es freut mich, daß du dich wieder mal bei mir blicken läßt. Alle Achtung, du hast die Strahlenkur gut überstanden. Nützliche Dinger, diese Zellaktivatoren. Bei Gelegenheit kannst du mir dein Gerät ja mal ausleihen.«

Rhodan ging lieber nicht darauf ein, sondern hockte sich wirklich im Schneidersitz vor den Thron mit dem Großkopfmonster auf den schlammigen Teppichboden und wartete, bis der König der Kröten mit seinem Mahl fertig war.

Etwas skeptisch musterte er immer wieder kurz den Roboter, das UPMVS, der mit verschränkten Armen und Tentakeln hinter dem Thron stand – sicherlich jederzeit bereit, unschicklichen Gästen eine weitere Demonstration zu liefern und das Leben seines Herrn bis hin zur Vernichtung des gesamten Planeten Erde zu verteidigen.

»Ich bin unhöflich«, sagte der HdH. »Ich hätte dir auch etwas anbieten sollen. Soll ich noch etwas kommen lassen? Wir haben inzwischen unsere eigene Vogelspinnenzucht und...«

Rhodan hob dankend die Hände.

»Ich weiß es zu schätzen, aber ich habe schon gefrühstückt.«

»Schade«, meinte der Herr der Herren. »Aber selbst schuld. Nun sag, was verschafft mir die Ehre deines Besuches?«

Sofort schaltete Perry Rhodan von den höflichen Begrüßungsfloskeln auf die kalte Realität um, von weich auf hart, auf grimmige Entschlossenheit. Sie war jetzt in seinen eisgrauen Augen abzulesen, aber vielleicht wußte der HdH diesen ganz besonderen Ausdruck noch nicht zu deuten.

»Ich sah mich im Terra-TV«, begann Rhodan. »Zu meiner grenzenlosen Überraschung. Ich weiß, daß ich es nicht war, und auch kein Doppelgänger. Wer also, Herr der Herren?«

Er nannte den Titel jetzt immer nur unabgekürzt, um

ihn nicht aus Versehen doch wieder falsch herum auszusprechen und mit der bekannten Prozedur bestraft zu werden. Beim zweitenmal sollte der Wiederherstellungsprozeß bei Zellaktivatorträgern nämlich schon mehrere Tage dauern, und beim drittenmal lief da gar nichts mehr mit der Genesung.

Der HdH lachte glucksend, die Blasen auf seiner Krötenhaut wuchsen, platzten, schrumpften zusammen und bildeten sich anderswo wieder neu. Der dicke Bauch hob und senkte sich in konvulsivischen Zuckungen.

»Wer das war?« fragte der HdH prustend, nachdem er sich etwas beruhigt hatte. Seine Augen tränten Heiterkeit aus. »Na – ich, wer denn sonst?«

Das saß.

Perry Rhodan hatte ihn natürlich als ersten im Verdacht gehabt, aber daß der Krötenkönig aus dem Feurigen Nebel (wo immer das war) das jetzt einfach so zugab, ohne sich zu drehen und zu winden, das raubte ihm erst einmal die Luft.

Das war unerhört.

Es war eine Brüskierung, wie Perry Rhodan sie nicht mehr erlebt hatte, seitdem diese Topsiderin, deren Namen er nicht mehr auszusprechen gelobt hatte, seinen Heiratsantrag einfach abgelehnt hatte.

»Das war ich«, bestätigte der Herr der Herren glucksend. Die fette Riesenkröte auf dem breiten Thron aus Gips und Matsch schien sich immer noch köstlich zu amüsieren. »Wer sonst? Wer sonst in diesem Universum hat die Gabe des PFUI? Also, ich habe alle Mutantenlisten aller Völker studiert, die ich bekommen konnte. Da sind Teleporter, Telepathen, Telekineten, Telematen, Telegraphen, Insektensprecher, Zeitverdreher, Quizmaster und Wunderheiler und was sonst noch mehr. Aber sag mir, Perry Rhodan, hast du schon jemals von einem Para-Formenergie-Ultraingenieur gehört?«

»Du... du meinst einen Para-Formenergie-Ultraingenieur?« fragte Perry fassungslos. »Abgekürzt PFUI? Das meinst du wirklich und wahrhaftig?«

»Ja«, antwortete der HdH und platschte sich mit der rechten Hand auf die fette Brust. »Das bin ich. Ich und nur ich. Ich PFUI, du Opfer. Wollen weiter darüber reden?«

Und ob Rhodan das wollte.

Zum erstenmal nach etlichen Tagen mußte er innerlich lachen. Diese Kröte hatte sich selbst PFUI genannt.

Wenn Einsicht der erste Schritt zur Besserung ist..., dachte er amüsiert.

Der HdH bemerkte seine schadenfrohe Erheiterung offenbar nicht, denn nun begann er zu referieren, über das Universum (das schenken wir uns, denn er redete nur Unsinn), über gesunde Ernährung (interessiert uns auch nicht), über die kosmische Bestimmung der Kröten (da lachen wir nur!), und schließlich über seine ganz besondere Gabe, einmalig in diesem und allen anderen bekannten Universen.

Die Macht des PFUI

»Ich bin ein Para-Formenergie-Ultraingenieur«, stellte der Herr der Herren nochmals mit Nachdruck klar, »der einzige im mir bekannten Universum, und ich bin schon ganz schön weit herumgekommen.«

»Ich glaube es«, versicherte Perry Rhodan, während seine Gedanken wieder einmal durch die Labyrinthe seines Verstandes jagten.

»*Was* glaubst du?« fragte der HdH mißtrauisch.

»Nichts«, sagte Rhodan schnell. »Bitte, erzähl doch weiter.«

Der König des Feurigen Nebels lehnte sich wieder zurück und platschte weiter auf seinen Bauch, daß es schwabbelte und wabbelte. Wahrscheinlich das Pendant dazu, wenn ein Mensch mit den Fingern auf eine Tischplatte trommelt, um sein Gegenüber zu verunsichern.

Aber er ließ noch nicht los.

»Woran glaubst du?« bohrte er weiter.

»An die Kraft und die Herrlichkeit«, sprach Perry und fügte in Gedanken noch einen Namen hinzu, der aber hier nichts zur Sache tut.

»Also an mich«, krächzte der Herr der Herren. »Wohlan denn, so will ich dir auch antworten, bevor du vor Neugier platzt. Ich bin ein PFUI, und ich habe die Macht des PFUI. PFUI bedeutet nämlich auch Para-Formenergie-Ultraingenieur. Hast du das soweit verstanden?«

»Ich bemühe mich.«

Ein Leibdiener in Livree brachte einen Kessel, aus dem es dampfte und grauenhaft stank. Rhodan unterdrückte in letzter Sekunde den Fluchtimpuls, als er sah, daß er auch zwei Trinkschalen dabei hatte, dazu eine Art Salzstreuer.

Der HdH gluckerte zufrieden, als der Kessel zwischen ihm und dem Terraner abgestellt wurde. Perry drehte sich schon jetzt der Magen um. Und dann kam, was er befürchtet hatte: Der Herr der Herren schöpfte eine Schale mit heißer Brühe aus dem Kessel und reichte sie seinem Besucher.

»Trink!« forderte er ihn auf, nachdem er auch sich selbst eine Schale genommen hatte. »Würzen mußt du selbst, nach deinem Geschmack – aber höchstens bis das Momm-Momm anfängt, Blasen zu werfen. Dann könnte nämlich etwas sehr Unangenehmes geschehen.«

Perry sah in seiner Fantasie schon etwas ganz anderes Unangenehmes. Er fragte sich, ob es in diesem Palast Toiletten gebe, die man schnell genug erreichen könne.

»Momm-Momm?« fragte er mit heiserer Stimme, nur mühsam das Würgen unterdrückend. Er hatte todesmutig die Schale in Empfang genommen und schnupperte mit der Verwegenheit eines Mannes, dem man gerade den Sprung in die Löwengrube befohlen hatte, vorsichtig an dem Brei.

»Der Extrakt der Kraft«, erläuterte der HdH. »Ich will dich nicht damit langweilen, was alles drin ist – aber nur vom Besten. Dein Zellaktivator regelt das schon wieder für dich. Jetzt trink mit mir zusammen auf den Erfolg. Danach sage ich dir endlich, wie ich du, Atlan oder jeder von euch werden kann, selbst zu diesem kleinen Tier, das ihr immer bei euch habt.«

In Perry krampfte sich alles zusammen.

War das hier möglicherweise etwas Ähnliches wie das Rauchen der Friedenspfeife, früher bei den Indianern?

Oder würde ihn diese gräßliche Riesenkröte mit dem Ballonkopf nach dem ersten Schluck umarmen und als seinen Blutsbruder bezeichnen?

Runter damit! dachte er sich. *Es muß sein! Schlimmer als das Waka-Waka-Kauen bei den grünen Sumpfzwergen von Sebastians Planet kann es nicht werden.*

Es *war* schlimmer.

Zuerst spürte er gar nichts.

Der Geschmack war gelähmt, der widerlichste Gestank, den er je gerochen hatte, verschwunden. Sein Hals kratzte etwas vom Herunterwürgen der Brühe, die etwa so flüssig war wie zähe Haferschleimsuppe, aber mit wesentlich mehr Knoten und kleinen Steinen darin.

Dann machte etwas ›Plopp‹, und er wußte nicht, ob es in seinem Kopf war, in seinem Magen oder im großen Zeh.

Er sprang auf, japste nach Luft, schrie wie am Spieß, raufte sich die Haare, nahm Anlauf, schlug zwei Räder, machte drei Kopfstände, lief auf den Händen fünfmal quer durch die Halle, landete nach einem gedrehten Salto wieder auf den Beinen und rülpste lautstark.

»Das war gut«, sagte er zum Herrn der Herren, als er ihm wieder gegenübersaß. »Momm-Momm?«

»Momm-Momm.«

»Gib mir irgendwann das Rezept. Und jetzt... Wir waren beim PFUI stehengeblieben.«

Der Herr der Herren des Feurigen Nebels lachte glucksend, so als hätte er gerade einen Freund fürs Leben gefunden. Rhodan brannte die Haut zwar noch etwas, in seinen Gedärmen heulte und pfiff es, und seine Ohren zuckten. Aber sonst fühlte er sich überraschend wohl.

(Unter anderen Umständen hätte ihn das sehr, sehr nachdenklich gemacht, aber erstens waren dies hier keine anderen Umstände, und zweitens ganz besondere Umstände.)

»Das PFUI.« Endlich schien die Königskröte zum Thema zurückzukommen. Sie wurde auch wirklich ernst, jedes gequäkte Wort klang bedeutungsvoll wie in einem alten terranischen Fernsehspiel. »Das PFUI versetzt mich, und nur mich, in die Lage, allein Kraft meines überragenden Geistes aus Energie Dinge zu formen, selbst Lebewesen zu kopieren, wenn ich sie lange genug studiert und mir ihre Paranormale-Formstabilitätskonstante eingeprägt habe, so eine Art telepathieähnlicher Vorgang.« Der HdH gluckserte. Seine krummen Schultern hoben und senkten sich vor Vergnügen. »Jetzt bist du platt, was?«

»Jetzt bin ich platt«, mußte Perry Rhodan bekennen. »Geht das auch kürzer?«

»Was?« fragte der Herr der Herren. »Ach, ihr mit euren Abkürzungen. Natürlich: PNFK.«

»Nicht die Paranormale-Formstabilitätskonstante«, winkte Perry ab. »Das Ganze. Wie läuft das ab? Erklär es einem Primitiven wie mir, so daß ich mir darunter etwas vorstellen kann.«

War das etwa ein Seufzen? Dieses Geblubbere und Gezische aus dem breiten Maul des Königs der Kröten.

Jedenfalls verdrehte der HdH seine vier Augen, die den Kopf wieder auf unregelmäßige Bahnen umliefen, und trank vom Momm-Momm.

»Paß auf«, sagte er dann. »Ich studiere dich. Ich schicke meine einzigartigen Para-Sinne nach dir aus und in dich hinein. Du merkst selbst nichts davon. Mit der Zeit bekomme ich ein Bild von dir, und zwar eins von innen. Ich bin kein Gedankenleser wie deine Telepathen. Nein, ich erfühle dich und den Bauplan deines Körpers und auch deiner Art zu reden, zu gehen, zu denken. Und wenn ich diese Baupläne habe, kann ich kraft meiner Macht ein perfektes Ebenbild von dir erzeugen.« Wieder das Geblubber und Gezische, dann noch ein Schluck Momm-Momm. »War das jetzt primitiv genug?«

»Aber du kannst nicht wirklich meine Gedanken lesen«, vergewisserte sich Rhodan. »Zum Beispiel – jetzt.«

»Nein, habe ich doch klar ausgedrückt, oder?«

»Und es ist nicht so, daß du… daß du dich selbst in mich verwandelst und dann Pressekonferenzen gibst.«

Allmählich schien dem Herrn der Herren die Geduld auszugehen, denn er trank schon wieder, und das Gezische aus seinen Mundwinkeln wurde auch immer heftiger. Er stieß dabei jetzt kleine Rauchwolken aus.

»Das schon mal gar nicht«, quäkte er. »Ich bin doch kein billiger MV, kein Molekülverformer, von denen es im Universum nur so wimmelt.« Er schüttelte sich. »Diese Viecher widern mich an.«

»Mich auch«, seufzte Rhodan.

»Dann trink, Brüderchen!«

Rhodan tat es, widerstrebend, weil er nicht süchtig nach dem exotischen Stoff werden wollte, und erst nachdem ihm der HdH eine Demonstration versprochen hatte. (Nein, keine neue Demonstration seines Persönlichen

UPMVS; er höchstselbst wollte sie geben, eine Privatvorstellung für Perry Rhodan, sozusagen.)

Perry spürte nichts, spürte dann um so mehr, zeigte seine akrobatischen Kunststücke und fühlte sich diesmal, als er dem König des Feurigen Nebels und dem immer reglos, aber düster blickenden UPMVS wieder gegenübersaß, doch schon ein wenig benebelt.

Er hatte das Gefühl, *feurig* benebelt, wie von einem Schlehenfeuer oder achtzigprozentigem Rum, oder wie von – aber daran wollen wir um Himmels willen noch gar nicht denken!

Auf jeden Fall sah er, als seine Ohren zu wackeln aufgehört und auch die anderen primären Nachwirkungen des Gesöffs aufgehört hatten, wie sich wenige Meter neben ihm plötzlich Atlan aufbaute – rein aus dem Nichts.

»Hallo, Perry«, sagte der Arkonide. »Alter Barbar. Mich hättest du hier wohl nicht erwartet?« Er seufzte. »Ich selbst auch nicht, wenn ich ganz ehrlich bin.«

Rhodan kniff die Augen zusammen, atmete tief durch und sah wieder hin.

Da stand Tifflor vor ihm, lächelte und erzählte eine ganz bestimmte Geschichte aus der Vergangenheit, die nur er und Rhodan kennen konnten (nein, nicht die von Myriam, sondern die von der flotten Gertrude).

»Das bist *du*!« rief Perry aus und sprang auf. Das heißt, er wollte es tun, aber seine Beine machten nicht mehr mit. Entweder hatte er sich bei seinen Saltos und anderen ungewohnten Übungen doch überanstrengt, oder es war etwas im Momm-Momm, das...

Aber wenigstens schaffte er es noch, seinen Augenmuskeln zu befehlen, die dazugehörigen Äpfel auf den Krötenmutanten zu richten.

»Natürlich war ich das«, triumphierte der Herr der Herren. »Du hast es gesehen. Ich kann alles und jeden dorthin projizieren, wo ich ihn haben will, und er tut und sagt genau das, was er tun und sagen soll. Ich bin der perfekteste Kopienerschaffer des Universums. Noch eine Kostprobe?«

Er wartete nicht erst eine Antwort ab, sondern ließ da, wo eben Atlan und Tifflor gestanden hatten, Blendy Blender entstehen, seinen Pressesprecher.

»Gib mir Momm-Momm!« schrie Perry Rhodan entsetzt. »Gib mir ganz schnell noch eine Schüssel Momm-Momm!«

»Hallo, Mr. Rhodan«, säuselte der Ex-Talkmaster.

Da hielt es Perry nicht mehr.

Er stürzte sich mit dem Kopf direkt in den nur noch schwach dampfenden Kessel und trank, und trank, und trank…

Der Unsinn mit dem PFUI

Als Perry Rhodan wieder zu sich kam, befand er sich in vertrauter Umgebung, nämlich in jenem Krankenzimmer, in dem er schon nach dem Zermatschungsbad aufgewacht war. Sein Zellaktivator pumpte neue Lebenskraft in ihn hinein, aber das Gerät hatte es diesmal ganz bestimmt nicht leicht.

Professor Waringer, dessen Gesicht Perry als erstes erblickte, hielt seine Hand und fühlte seinen Puls. Als Rhodan wieder Augenzeichen geben konnte, listete sein Schwiegersohn alle schädlichen Substanzen auf, die man in seinem Blut gefunden hatte – nachdem ihn zehn Kröten aus ihrem Palast in die Administration zurückgeschleppt hatten.

Der terranische Großadministrator verstand zwar nur die Hälfte, Waringers Worte erschienen ihm wie eine Mischung aus Donnerhall, Wagnerianischem Walküre-

Gesang und Kernexplosionen, aber diese Hälfte war so ziemlich die Hälfte aller Giftstoffe, von denen er je in seinem langen Leben gehört hatte.

»Man könnte sagen, dieser Herr der Herren hat versucht, dich umzubringen, Schwiegerdaddy«, schloß Waringer. »Ein Attentat auf den Großadministrator.«

»Das schreit nach Vergeltung«, sagte eine andere Stimme. Aha, Atlan. »Wir werden sie zerquetschen, vernichten, aus dem All pusten und...«

»Kennst du General Ido Ido Ido, genannt Ido?« fragte Reginald Bull den Arkoniden.

»Nein«, gestand Atlan. »Warum?«

»Äh, nichts weiter. Er rollte nur das ›R‹ etwas härter.«

Atlan ging nicht darauf ein, solche dummen Einwürfe waren unter seiner Würde. Er hob die rechte Hand, machte eine Faust und wollte mit seinem Vergeltungskatalog fortfahren.

Aber dann hielt er inne und ließ frustriert die Schultern hängen.

»Mein Extrasinn hat mir gerade ziemlich ruppig erklärt, daß das völlig sinnlos ist«, knurrte er. »Jedenfalls solange die Kröten ihre UPMVS haben – und wir keine wirksame Waffe gegen sie.«

»Das wäre doch etwas für unser Genie«, meinte Tifflor. »Mit den Zweitkonditionierten und den Dolans sind wir fertiggeworden, sogar mit den Schreckwürmern und der Maikäferplage im letzten Jahr. Geoffrey, wieso haben wir noch kein UPMVSAS?«

»Kein was?« fragte der Wissenschaftler entgeistert.

»Na, kein UPMVS-Abwehr-System!«

Waringer zuckte mit den Achseln.

»Keine Ahnung, aber ich werde mich sofort darum kümmern.«

Das alles bekam Perry Rhodan nur im Zustand des sich langsam hebenden Nebels mit. Doch als Waringer den

Raum verlassen hatte, konnte er sich schon wieder aufrichten. Um sich jedoch noch zu schonen, verbot er strikt, innerhalb der nächsten Stunde die Nachrichtensendungen einzuschalten.

Er berichtete alles, woran er sich erinnern konnte. Viel war das nicht, aber das Wesentliche. Es reichte jedenfalls, um Julian Tifflor verlegen zur Seite sehen zu lassen, von wegen der flotten Gertrude.

»Sie brauchen nicht verlegen zu werden, Tiff«, sagte Perry. »Das einzige, was Sie sich vorzuwerfen hätten, wäre daß Sie sie damals nicht geheiratet und Ihren Abschied aus dem Dienst der Menschheit genommen haben. Aber das ist vergessen. Und doch wußte der Herr der Herren es – aus mir, durch meine Paranormale Formstabilitätskonstante. Auf diese Weise wußte er auch von... von diesem Wort und meinem Wimpernzucken.«

»Aber dann hat das PFUI ja doch mit Telepathie zu tun!« sagte Atlan. »Wie sonst, wenn nicht aus deinen Gedanken, hätte er das mit dem Wort und mit Gertrude wissen können.«

»Was Gertrude betrifft – aus Tifflors Gedanken«, meinte Rhodan. Es war nicht zufriedenstellend, er wußte es selbst. Der HdH hatte ihm bestimmt in vielen Punkten nicht die Wahrheit gesagt.

»Hmmmm«, machte er, und die anderen hmmmten in seine Nachdenklichkeit ein, bis John Marshall schließlich fragte:

»Sie haben sich nicht nach dem erkundigt, was die Kröten auf unseren Feldern, Äckern und Wiesen veranstalten, Sir? Neuerdings haben sie sogar in Las Vegas zu bohren begonnen.«

»Las Vegas?« tat Kakuta erstaunt. »Dann ist der Fall klar. Sie suchen nach Gold.«

Er erhielt Redeverbot für zwei Stunden. Gucky mutmaßte: »Erdöl. Bestimmt bohren sie nach Öl.«

»In Frankreich?« fragte Perry Rhodan sarkastisch. »Grönland? Indien? Trutzbekistan?«

»In Frankreich könnten sie nach Trüffeln suchen«, sagte Bully, »in Grönland nach Eismeerkrabben, in Indien nach verschollenen Grabmälern, und in Trutzbekistan... Wo zum Teufel liegt Trutzbekistan?«

Um sich weitere Geistesblitze von diesem Kaliber zu ersparen, erlaubte Rhodan wieder, die Nachrichten zu hören. Schlimmer als seine engsten Berater und Vertrauten konnte auch Blendy Blender nicht sein, beziehungsweise das, was er diesmal zu verkünden hatte.

Perry Rhodan irrte sich ganz gewaltig.

Blendy Blender schien ebenfalls einen Zellaktivator zu besitzen, denn er schlief scheinbar nie, war immer auf Sendung, präsentierte alle volle Stunden das Neueste vom Neuesten. Dazwischen lief elektronische Scheppermusik (Blendys Lieblingsgruppe waren offenbar die 72 Jungens und Mädels von ›Hypersturm‹, die mit ihrem momentanen Superhit ›Krötenmatsch, Krötenmatsch, ja dann macht's bei Kröten platsch‹ alle Hitparadenrekorde brachen).

Jetzt lief gerade die Ansprache des Großadministrators an die Bevölkerung der solaren Planeten.

Der echte Rhodan schluckte nur. Seine Freunde waren in ehrfürchtiges Schweigen geschlagen.

Im TV lobte Perry Rhodan die Herrschaft der Herrn des Feurigen Nebels, betonte, daß er und der Herr der Herren die besten Freunde seien und auch schon Momm-Momm zusammen geschlürft hätten, machte Werbung für Hypnoschulungen zum Erlernen der Krötensprache und sang zum Abschluß die Internationale.

»Das ist ungeheuerlich!« tobte Atlan. »Wir stellen ein Kommando zusammen, das den Sender im Sturm nimmt und Blender zwingt, die Wahrheit über diesen Betrug zu sagen!«

»Das Terra-TV-Gebäude wird von zehn UPMVS bewacht, Atlan«, erinnerte ihn Reginald Bull.

Der Arkonide stieß einen Fluch aus, der sich gewaschen hatte. Und dann war er dran.

Atlan hielt im TV eine flammende Ansprache an die Terraner und alle Intelligenzen der Galaxis im Bereich des von den Kröten abgeschotteten Solaren Imperiums – weiter reichten die Sendungen nie. Der echte Atlan schluckte nur. Seine Freunde waren in ehrfürchtiges Schweigen geschlagen.

Aber im Fernsehen pries er die Leistungen der HdFN für den Wiederaufbau der von ihnen, weil es nun einmal sein mußte, eingeäscherten Städte, lobte die Bereicherung der architektonischen Großlandschaften durch ihre Gips-Schlamm-Höhlentürme und vergaß nicht darauf hinzuweisen, daß durch die vielen um die Erde kreisenden Korkenzieherraumer die schädlichen UV-Strahlen der Sonne um 0,0218 Prozent ins All zurückreflektiert wurden.

»Das ist das Letzte!« brüllte der Arkonide. »Wenn ihr nicht mitzieht, gehe ich allein. Mit zehn UPMVS werde ich fertig, sowahr ich irgendwann wieder Imperator werde.«

»Ich sollte es dir nicht verraten«, lispelte Gucky vorsichtig, »aber das wirst du nicht.«

»Soll das heißen, mein Volk will mich nicht mehr haben?« fragte Atlan empört.

»Doch, aber du willst nicht.«

»Das ist unmöglich, ganz und gar unm...«

»Pssst!« zischte Rhodan. »Still, Adams spricht...«

Das Panoptikum ging weiter – oder besser gesagt, es *schien* weiterzugehen. Dazu kommen wir später. *(Was will uns der Autor damit jetzt schon wieder sagen? Trifft den Finanzminister des Solaren Imperiums jetzt etwa der Schlag? Wird Perry Rhodan ihn entlassen? Oder wird Adams gar... nein, bloß nicht an so etwas denken!)*

Der echte Homer G. Adams schluckte. Seine Freunde waren in ehrfürchtiges Schweigen geschlagen.

Aber im Fernsehen erklärte er den Terranern und restlichen Imperiumsbewohnern, welchen Reichtum die Fremden aus dem fernen Feurigen Nebel dem SolImp brachten. Jedes ihrer Schiffe, so behauptete er allen Ernstes, sei zur Hälfte mit Waffen, zur anderen Hälfte mit Handelsgütern gefüllt, die jeder haben könne, der sich mit ihnen gut stelle – und gegen einen angemessenen Preis, natürlich.

»Jetzt kann ich es Ihnen ja ruhig sagen, meine Damen und Herren, Monster und Aliens«, hörten die Mannen um Perry Rhodan fassungslos aus Adams' Mund. »Unsere Staatsfinanzen waren zerrüttet, nicht zuletzt durch die immensen Wahlkampfkosten und die unglaublichen Sonderaufwendungen des Großadministrators für seine Goodwill-Tours quer durch die Galaxis und die diversen Empfänge und Vergnügungen hier auf der Erde. Das Solare Imperium hätte es eigentlich gar nicht mehr geben dürfen, denn es war unter einem Schuldenberg versunken, so hoch wie der Mont Blanc. Der Herr Großadministrator konnte nicht einmal mehr die flotte Gertrude, die ja in der Galaxis ein Begriff ist, für ihre diversen Dienste im Diplomatischen Korps bezahlen. Wir waren blank, Leute, einfach pleite!«

»Adams!« rief Rhodan absolut fassungslos. »Sie sind abgesetzt. Händigen Sie mir auf der Stelle Ihren Zellaktivator aus!«

»Aber, Sir«, wehrte sich das Finanzgenie. »Das bin doch nicht ich! Das ist er! Der Herr der Kröten, der Para-Formenergie-Ultraingenieur mit seinem PFUI!«

Rhodan schaltete sofort um, nämlich zurück, und entschuldigte sich in aller Form bei Adams.

»Diese ganze Suppe hat uns nur Tifflor eingebrockt«, wurde er seine Aggressionen in eine andere Richtung los.

Tiff hatte das Gesicht in den Händen liegen. Vielleicht

weinte er schon, aber Grund dazu bekam er erst, als der vom HdH wirklich gut inszenierte Homer G. Adams vom Bildschirm verschwand.

Denn dann war er an der Reihe.

(Man weiß es vielleicht schon: Der echte Julian Tifflor schluckte; seine Freunde waren in ehrfürchtiges Schweigen geschlagen. Wird langsam langweilig, wie? Aber genauso war es tatsächlich! Man wird sich als Autor doch noch in die Nöte seiner Handlungscharaktere hineinfühlen dürfen!)

Julian Tifflor, Solarmarschall des Solaren Imperiums, erschien auf dem Bildschirm und machte fünf Minuten lang Reklame für Zahnpasta, Haargel, isotonische Getränke und Turnschuhe.

»Niemand«, sagte Perry Rhodan mit einem eigentlich sehr gefährlichen Glitzern im Blick, »sollte so ins Lächerliche gezogen werden. Nicht einmal Tiff!«

»Da... da... danke, Sir«, jammerte Tifflor.

»Bitte, gern geschehen. Aber was ist das?«

Alle wußten sie ja inzwischen, daß der Herr der Herren, der Krötenmutant, für den Spuk verantwortlich war; was aber nun kam, ließ sie doch fast an ihrem Verstand zweifeln.

»Liebe Freunde«, tönte Tifflors Stimme aus den Lautsprechern überall auf der Erde und den solaren Planeten. »Ich bin heute überglücklich, ich habe nämlich im Lotto gewonnen. Kommt und teilt mein Glück mit mir – kommt zur flotten Gertrude! Sie erwartet euch mit ein paar Snacks, Drinks und Hamburgern! Ich bezahle alles, der Staat bezahlt alles, das Imperium bezahlt alles! Und das verdanken wir nur den Herrn des Feurigen Nebels – unseren Krötenbrüdern. Und übrigens – die ersten hundert Gäste erhalten von der flotten Gerti eine Schüssel Momm-Momm gratis! *Na, ist das ein Angebot?*«

»Aufhören!« schrie Rhodan. »Ausmachen!«

Er wartete gar nicht erst ab, bis jemand den Bildschirm abschaltete, sondern tat das selbst mit seinem Radiowekker, den er in die Projektionsfläche schleuderte.

»Ich war das nicht, Sir!« rief Tifflor verzweifelt aus, total am Boden.

»Das weiß ich! Dieser Krötenkönig scheint entweder selbst zuviel von seinem Momm-Momm getrunken zu haben, oder er ist ein Witzbold, und wir wissen es nur noch nicht.«

»Jetzt wissen wir's doch«, meinte Tschubai.

»Dann wird es wahrscheinlich noch viel toller kommen.« Atlan setzte sich auf die Bettkante und rieb sich das Kinn. »Es wird höchste Zeit, daß die verdammten Kröten wieder von unserem Planeten verschwinden und…«

»Ich darf doch bitten, ja?« fuhr ihm Rhodan dazwischen. »Diese Erde ist *unser* Planet, nicht deiner. Deiner ist Arkon-eins.«

»Ich habe das ja auch nur zum Zeichen der Solidarität gesagt«, blaffte Atlan zurück. »Wenn ich vielleicht ausreden dürfte! Die Kröten müssen weg, und deshalb müssen wir herausfinden, wonach sie so gierig suchen und bohren. Wenn wir das wissen, können wir endlich anfangen, gegen sie zu planen, so wie es von uns erwartet wird.«

»Ich stehe voll hinter dem alten Admiral«, tat Gucky kund.

Perry Rhodan sah ihn verwundert an.

»Wieso? Du stehst doch neben ihm?«

»Er hat's heute nicht mit der Symbolik«, seufzte der Mausbiber dem Arkoniden zu. »Sicher noch die Spätfolgen des Momm-Momm.«

Atlan wehrte mit einer Hand ab.

»Warte, Kleiner«, sagte er und drückte sich eine Hand auf das rechte Ohr.

Keiner der Anwesenden wußte warum, aber plötzlich schwiegen sie alle ganz andächtig. Atlan, der alte Fuchs, hatte etwas in petto – aber was.

Es war eine Art Walkman, den er bisher versteckt unter seinem weißen Silberhaar getragen hatte. Nun nahm er ihn ab, sah alle und jeden bedeutungsschwer an und vermeldete:

»Ich habe die Nachrichten weiter gehört. Tako Kakuta ist im TV aufgetreten und hat behauptet, unter uns sei ein Verräter, und daß ihm noch viele folgen würden.«

»Mister Kakuta!« rief Perry empört. »Nun ist das Maß aber voll!«

»Ich war's nicht«, verteidigte sich der Mutant. »Ich war's ganz bestimmt nicht!«

»Natürlich nicht«, sagte Atlan. »Es war das PFUI des Herrn der Herren, der uns veralbern, verunsichern und vernichten will. Aber es hat diesmal nicht nach einem Scherz geklungen. Das war ernst gemeint.«

Atlan sah alle der Reihe nach an, kniff die Augen zusammen und sagte langsam und betont:

»Einer von denen, die im TV gesprochen haben, hat das wirklich getan, er selbst. Ich bin fest davon überzeugt. Unter uns ist ein Verräter. Da ich es nicht bin – wer meldet sich freiwillig?«

4.

Die Komplizen der Kröten (etwa Mitte Juni 2877)

Freund oder Feind (ganz ehrlich)?

Zwei Wochen später stand für alle fest: Adams war der Verräter gewesen.

Das Gesülze des Finanzministers war – im Gegensatz zu allen anderen TV-Auftritten – nicht vom HdH in Szene gesetzt worden, sondern von Homer. G. Adams selbst.

Unter dem Vorwand, für eine längere Sitzung auf die Toilette zu müssen, hatte er sich für zweieinhalb Stunden davongestohlen und diese echte Ansprache an die Bürger des Solaren Imperiums gehalten, mit dem bekannten Wortlaut.

»Na, und?« verteidigte er sich, als Mercants Leute ihm auf die Schliche gekommen waren. »Wir haben doch gar keine andere Chance. Wir müssen mit ihnen zusammenarbeiten und dabei das beste für uns herausholen. Schließlich ist uns der eigene Bauch am nächsten – oder wie das richtig heißt.«

»Haben Sie Momm-Momm mit ihm getrunken?« fragte Perry Rhodan.

»Ob ich...?«

»Ja oder nein!«

»Eine kleine Portion, Sir. Eine, ich meine zwei Schalen. Es können auch drei gewesen sein...«

»Mommommholiker!« sagte Atlan verächtlich. »Ich habe da einen Freund auf Arkon, der eine Trillion Solar für einen gebrauchten Zellaktivator bezahlen würde. Damit könntest du deinen Etat für mindestens sechs Monate finanzieren, Perry.«

Da blitzten Rhodan eisgraue Augen auf. Aber wie!

»Ich bin unbestechlich, Arkonide!« giftete er. »Und ich habe noch nie einen Freund fallengelassen!«

»Das ehrt dich«, konterte Atlan. »Aber wie geht es nun mit den Kröten weiter und mit denen, die ihre Fahnen in den Wind drehen?« Er warf Adams einen verächtlichen Blick zu. »So wie dieser feine Herr hier.«

»Kooperieren, um zu profitieren«, sagte Adams. »Und kooperieren, um ihr großes Geheimnis zu erfahren, vielleicht bei einem Schluck...«

»...brrrr...«, ächzte Rhodan.

»...Momm-Momm. Wenn wir wissen, wonach sie suchen, werden wir es ihnen beschaffen, und sie hauen vielleicht wirklich ab. Aber vorher profitieren wir gehörig von ihnen, machen Geschäfte.« In Adams' Augen glänzten Münzen, strahlender noch als das ›T‹ in den Augen einer gewissen, stinkreichen Kultente. Er wurde geradezu pathetisch. »Sie werden uns für alles bezahlen! So wahr ich ein Finanzgenie bin!«

»Sie werden für alles bezahlen«, wiederholte Perry Rhodan die Worte seines Ministers. »Fragt sich nur, wann...«

»Das ist Sache der Finanzdiplomatie«, erwiderte Adams. »Heute werde ich wieder in den Krötenpalast gehen, Momm... äh... Momm mit dem Herrn der Herren schlürfen und ihn einwickeln.«

»Das hört sich gut an«, meinte Bully. »Allein, mir fehlt der Glaube.«

»Du bist doch nur auf Momm-Momm scharf!« zischte Gucky dem späteren Hanse-Chef zu.

Und Adams zischte zurück: »Und wenn es so wäre? Du kannst mich ja begleiten und auch davon probieren!«

»Das ist endlich das Angebot, das ich vor dir hören wollte«, sagte der Ilt.

(Man kann sich leicht ausrechnen, wie es hier weiterging, deshalb wechseln wir jetzt mal den Schauplatz und blenden um in eine scheinbar belanglose, im Endeffekt aber unglaublich wichtige Nebenbehandlung! Gleich nach dem Werbeblock!)

Pierre Gataux und die Kröten
1. Folge: Jauchegrube und Pendel

Es war am späten Abend des 14. April. Pierre saß auf den Stufen zu seinem Haus und ließ die Rotweinflasche kreisen. Nämlich zwischen sich und seinen vier Knechten. Manchmal bekam auch Baccu, der Hund, einen Schluck ab. Das Tagwerk war wieder einmal vollbracht, der Feierabend hochverdient.

Drinnen im Haus, kochte Pierres Frau Charlotte für die tüchtigen Arbeiter. Es roch betörend nach Zwiebeln, Zwiebeln und noch einmal Zwiebeln. Erst weit abgeschlagen belegten Knoblauch und Majoran, Salbei und Cognac, Röstbrot und gebratenes Huhn die folgenden Plätze. Aber vor allem duftete es eben nach Zwiebeln, genauer gesagt Zwiebelsuppe.

Pierre blickte tief versonnen zum Himmel auf und sah die Sterne, den Mond und den nicht mehr wegzudenkenden Korkenzieherraumer. Es war ein schöner Abend, mild und warm. Die Grillen zirpten schon, und in der Ferne rauschte ein Wildbach. Pierres kleines, aber stattliches Anwesen, eine Musterfarm der Gesellschaft zur Wiedererprobung alter landwirtschaftlicher Strukturen und Praktiken, lag am Rand der Ardennen. In fünf Minuten war man mit einem schnellen Gleiter in dieser romantischen Berglandschaft. Die Ardennen waren zwar nicht mehr die Ardennen von vor fünfhundert Jahren, sondern im Zuge einer ›Romantisierungskampagne‹ stellenweise den Alpen nachmodelliert worden, aber hier war das Land flach und fruchtbar, und alles andere kümmerte Gataux nicht besonders.

Es war ein Abend zum Träumen. Die Säfte stiegen jetzt wieder überall in der Natur und auch im landverwurzelten Menschen, und Pierre Gataux war mit seinen 73 Jahren längst nicht zu alt für den Frühling. Er pfiff auch jetzt noch anerkennend und machte laut »Ollallaa...«, wenn er in die Stadt flog und nach den Geschäften und Einkäufen seinen Kaffee am Tisch eines Straßencafés schlürfte und die jungen Mädchen beobachtete, die so keß und verführerisch waren wie eh und je im Land der Gallier.

Diese Stimmung wurde auch nicht durch das andere Dauergeräusch gestört, das sich neuerdings in das Rauschen des Wildbachs mischte. Pierre nahm es schon fast gar nicht mehr wahr. Die Fördertürme und Zelte der Kröten waren momentan rund drei Kilometer von seinem Hof entfernt, und das Stampfen und Rasseln irgendwelcher fremdartiger Geräte blieb entsprechend erträglich.

»Hauptsache, sie bringen das wieder alles in Ordnung«, sagte er immer, wenn er sah, wie die Besucher seine Ackerkrume aufrissen und das Unterste zu oberst kehrten. Es gab Lehm-, Ton und Gesteinshalden von zehn und mehr Metern Höhe, wie kleine Pyramiden. Aber was immer die Kröten auch suchten, sie hatten es noch nicht gefunden.

Nach einer halben Stunde rief Charlotte, und die Männer standen auf und gingen ins Haus. Sie hatten sich umgezogen und gewaschen, aber Pierres Frau ließ sie dennoch erst an den Tisch, nachdem sie alle ihre Hände ausgestreckt hatten und für sauber befunden worden waren. Zwei Knechte mußten noch einmal zum Waschbecken und mit Seife und Bürste an ihre schwarzen Finger.

Charlotte und Pierre hatten drei Kinder. Gaston war elf, Nadine war zehn und Adriano war erst sechs Jahre alt, ein Nachzügler. Warum er einen italienischen Namen bekommen hatte, wußte niemand, auch die eigenen Eltern nicht.

Sie wußten überhaupt nicht sehr viel, denn was alle Mitglieder der Familie Gataux auszeichnete (mit einer Ausnahme, vielleicht), war ein gewisses Maß an geistiger Beschränktheit. In einer Zeit, da die landwirtschaftlichen Arbeiten auf Musterhöfen vom Computer bestimmt wurden, war Grips allerdings auch nicht unbedingt nötig. Wichtiger war, daß man anpacken konnte, und das konnten sie alle.

Der Intelligenzquotient der Knechte lag im übrigen noch einiges unter dem der Gataux, und das relativiert die ganze Sache ja auch schon wieder.

So saßen sie nun im konzentrierten Zwiebelduft beieinander, fünf Mann, eine Frau und drei Kinder, der Hund unter dem Tisch, und scheppten sich mit einer großen Kelle Zwiebel-Knoblauchsuppe in die Teller. Pierre durfte sich als erster bedienen und schöpfte zum Verdruß aller anderen die knusprige Käsekruste ab. Es gab Stangenbrot, noch mehr Rotwein und etwas zum Nachwürzen dazu – was natürlich niemand tat, um sich nicht den Groll der Hausherrin zuzuziehen.

Nachdem sie sich gegenseitig alle einen guten Appetit gewünscht hatten, löffelten sie, schlürften und mampften. Es war eine idyllische Runde, fast wie in guten alten Zeiten. Selbst Baccu unter dem Tisch kam nicht zu kurz, und der Duft breitete sich weiter aus, auch wenn die große Schüssel in der Tischmitte langsam leer wurde. Er drang durch die Ritzen des Hauses, durch die nur halb zugezogene Tür, die Treppen hinunter, aufs Land und in die Nasen von breiten, warzigen, grünbraunen Gesichtern mit Glubschaugen.

Um genau zu sein, der Zwiebel-Knoblauch-Kräutergeruch hatte sich schon vor zwei Stunden vom Musterhof auszubreiten begonnen, und zwar mit einfacher Duftgeschwindigkeit. Vor einer Stunde hatte er so die Bohrstelle der Kröten erreicht, und nun waren die ersten beiden von ihnen mittlerweile schon kurz vor der Treppe.

Sie waren sozusagen als Kundschafter geschickt worden. Die anderen wollten vielleicht nachkommen, wenn Agra und Ombra ein Lichtzeichen in die Luft schossen.

Was das Essen betraf, so verabscheuten die Herrn des Feurigen Nebels die terranische Kost etwa in dem Maße, wie die Terraner Vogelspinnen liebten, ob als Dessert, Hauptspeise oder Beilage zu gestampften Riesenheuschrecken. Sie ekelten sich beim Anblick eines Menschen, der mit beiden Händen und seinem Gebiß sein Eisbein verschlang oder, etwas zivilisierter, ein Steak zersäbelte. Und allein der Anblick hartgekochter Eier verursachte bei ihnen eine solche Übelkeit, daß sie erst einige Tage lang konzentrierten Algenmatsch zu sich nehmen mußten, bevor der empfindliche Magen sich wieder breitschlagen ließ, seinen Streik zu beenden.

Aber als dieser Duft sie erreichte, hatten sie ihre Arbeit einfach vergessen und ganz tief eingeatmet.

»Was ist das?« hatte Bombo, der Truppführer der Kröten, gefragt.

»Menschenessen«, hatte Agra geantwortet. »Da, es kommt vom Haus dort drüben.«

Diese Unterhaltung hatte sich natürlich in der Sprache der HdFN abgespult, doch im Interesse der besseren Verständlichkeit geben wir sie hier auf Terranisch wieder. Agras Antwort hätte zum Beispiel original gelautet: ›Krogrrrouuuwaaaah!-Uaquaguag!–Pffft!‹. Wobei das ›Waaaah!‹ stark betont und das ›Pfff!‹ eher gespuckt wurde.

»Das kann kein Menschenessen sein«, hatte Bombo

daraufhin widersprochen. »Es riecht... köstlich! Ganz erlesen, wie aus der Küche unseres großen Fünfwarzenmeisters Böcüssö, wenn er frische Sumpfschlangen von Lako, Flederratten von Goyl und Mistkäfer von Mumba bekommen hat und alles zusammen in den Stampfer gibt.«

»Es duftet so schön wie der junge Morgen am Rande der Sümpfe von Gwarz«, hatte Ombra geseufzt. Immer wenn er aufgeregt war, wurde er zum Dichter. »Es ist wie der Gestank von verfaultem Öy, veredelt mit feinem Nebel aus dem Exkrement der Boultaps. Oh, und es lockt wie die Stimme des Windes, wenn er das Konzert unserer Brüder und Schwestern vom Fuße des Matschberges Mo herüberträgt. – Aber es ist Menschenessen, und es kommt von dem Haus.«

»Dann zieht ihr beide los und seht nach, ob ihr recht habt«, hatte Bombo befohlen. »Wenn es Menschenessen ist, dann beschafft euch davon und kostet. Wenn ihr nach einer Stunde noch lebt, gebt uns ein Lichtzeichen. Wenn ihr nicht mehr lebt, erübrigt sich das ohnehin.«

»Woher weißt du dann aber, daß wir nicht mehr leben?« hatte Ombra gefragt und einen strengen Verweis einstekken müssen.

So war das gewesen, im Lager der Kröten, und nun befanden sich Agra und Ombra vor der Treppe zum großen Wohnhaus des Musterhofs und konnten sich vor Verlangen kaum noch halten.

Dieser Duft war wie aus einem anderen Universum. Er ließ sich mit keiner Köstlichkeit vergleichen, die es in den gepflegten Küchen des Feurigen Nebels gab. Er zog sie an, war wie ein Magnet, betäubte und betörte ihre Sinne...

»Wir müssen uns beherrschen«, sagte Agra zu Ombra. »Jetzt keine Gedichte mehr. Halt deinen Bauch fest und die Gedanken zusammen. Die Menschen dürfen uns nicht sehen. Wir werden...«

Er zuckte zusammen, als er den Schatten sah, der an der Tür aus Mattglas erschien.

»Ein Mensch!« zischte er seinem Kumpel zu. »Schnell in Deckung! Da lang, da ist es dunkel!«

Er zeigte mit der linken Hand auf eine düstere Ecke neben dem Wohnhaus und vor einem großen Schuppen, und riß mit der rechten den Kameraden mit sich.

Kaum waren sie von der Treppe verschwunden, da wurde die Tür aufgestoßen, und ein Mann erschien.

Pierre Gataux blieb auf der Terrasse stehen, atmete genüßlich die laue Luft ein, streckte die Brust vor und beide Arme von sich und rülpste gediegen.

»Na komm schon, Baccu!« rief er über die Schulter. »Mach dein Geschäft, aber komm wieder. Ich weiß genau, daß hier läufige Katzen herumstreunen.«

Allerdings nicht nur läufige Katzen, wie die Leser wissen.

Der Hund kam heraus, witterte, begann zu kläffen und hetzte die Treppe hinab und auf den Schuppen zu, vor dem die Jauchegrube lag.

Pierre wunderte sich noch, denn die Katzen mieden gewöhnlich diese Ecke, und da machte es auch schon zweimal ›Platsch!‹, und zwei nichtmenschliche Stimmen schrien grell und gräßlich auf. Es klang ziemlich entsetzt; dem Platschen nach mußten es große Körper gewesen sein, die in der Jauchegrube gelandet waren.

»Philippe!« rief der Landwirt ins Haus. »Gaston! Kommt mit der Taschenlampe und einem Strahler. Und vergeßt das Pendel nicht!«

»Das Pendel?« kam es zurück, ganz entgeistert. »Du meinst wirklich DAS PENDEL?«

Und Charlotte erschien im Türrahmen und schrillte entsetzt: »Mon dieu, was willst du mit dem Pendel, mon amour! Seit dreißig Jahren hast du es nicht mehr benutzt! Was ist los? Wer ist da? Soll ich die Gendarmen rufen?«

(Ja, so redeten sie auch heute noch, die Leute in den Ardennen. So wie sich ein kleines gallisches Dorf vor dreitausend Jahren gegen die Römer gewehrt hatte, behaupteten die Menschen in diesem kleinen Teil der Erde auch noch heute große Teile ihrer Sprache, ihres Brauchtums und ihrer Spleens.)

»Wir regeln das hier schon allein«, versprach Pierre Gataux grimmig. »Bringt nur endlich die Lampe, den Strahler, das Pendel – und noch eine Flasche Roten.«

(Was es mit dem Pendel auf sich hat, erfahren wir schon noch. Es mußte nur jetzt schon erwähnt werden, damit die Überschrift des Kapitels auch stimmt.)

Die große Pilgerfahrt

Homer G. Adams hatte das Startsignal gegeben. Nach zwei weiteren Besuchen – einer mit Gucky, einer allein – beim Herrn der Herren hatte er einen Vertrag vorgelegt, den Perry Rhodan nur noch gegenzuzeichnen brauchte. Er enthielt eine Menge Unsinn und überflüssiges Zeug, wie bei interstellaren Verträgen eben so üblich. Er enthielt aber auch die Zusage des HdH, daß die HdFN sofort damit beginnen würden, ihre Schiffsladungen an fantastischen Waren aus dem Feurigen Nebel gegen irdische Güter auszutauschen, sobald Perry Rhodan sich ihm offiziell unterwarf, nie wieder seinen abgekürzten Titel falsch herum aussprechen und vor allem nie mehr danach fragen würde, was die Kröten hier auf Terra und den anderen Imperiumswelten überhaupt suchten.

»Nie werde ich das unterzeichnen«, hatte der Großadministrator getobt. »Nie werde ich meine Menschheit verraten.«

Und er hatte Adams gefragt, ob der den König der

Kröten gefragt habe, was dessen Untergebene mit ihren Robotern überall auf der Erde anstellten.

Und Adams hatte verneint – nein, das habe er im Interesse der sich anbahnenden guten Beziehungen nicht.

»Verräter!« hatte da Perry Rhodan zum erstenmal in dieser Deutlichkeit gesagt und Atlan nach dem Namen des Arkoniden gefragt, der diese Unsummen für einen gebrauchten Zellaktivator auszugeben bereit war.

Mittlerweile sah es so aus, daß sich die alte Garde der Aktivatorträger im Administrationshochhaus verschanzte und nebenan, vor dem doppelt so hohen Gips-Matsch-Palast des HdH, nicht nur die allmorgendliche Huldigungsprozession stattfand, sondern danach eine ganz neue und andere Art von Prozession – nämlich diejenige der Wirtschafts- und Finanzbosse, die zum Herrn der Herren pilgerten und ihre diversen Anliegen vortrugen.

Adams hatte den Startschuß gegeben. Noch von keinem (wirklich keinem? – wir werden es sehen) seiner Aktivatorkumpels gebilligt, hatte er mit seiner TV-Ansprache und den anschließenden, natürlich nicht unbemerkt gebliebenen Besuchen beim HdH dafür gesorgt, daß nun jeder Hinz und Kunz, der in Wirtschaft und Finanzen auch nur ein wenig zu sagen hatte, auf seinen Zug aufsprang, um das Beste aus der Krötenbesatzung zu machen – nämlich Geschäfte, Geschäfte und nochmals Geschäfte.

Für Geld, Geld und nochmals für Geld.

Natürlich bezahlten die Kröten nicht mit Solar, sondern entweder mit Tauschwaren, die sich in Solar verwandeln ließen, oder mit FNW (Feurige-Nebel-Währung), von der inzwischen alle Welt annahm, daß sie ohnehin bald die Solare ersetzen würde.

Sie standen Schlange um eine Audienz beim Herrn der Herren, die Mächtigsten der Mächtigen, und Perry Rhodan sah es von seinem Büro aus mit wachsendem Abscheu.

»Ich habe mich erniedrigt«, sagte er an diesem Morgen zu seinen versammelten Freunden. »Ich habe dieser Monsterkröte gehuldigt und mit ihr Momm-Momm geschlürft. Ich habe alles dafür getan, daß der Friede auf Erden erhalten bleibt, soweit dies ein würdiger Friede ist. Ich habe mich zermatschen und sonstwie zerstrahlen lassen – aber das hier geht jetzt entschieden zu weit!«

»Bravo, Perry!« lobte ihn Atlan. »Jetzt bist du endlich wieder der Alte! Wann stürmen wir los? Arkons Flotten stehen bereit, um dir in diesen kritischen Stunden und Tagen beizustehen. Ein Befehl von mir, und...«

»Äh«, machte sich Reginald Bull bemerkbar. »Es gibt erstens keine arkonidischen Flotten mehr, und zweitens erlauben die Kröten uns immer noch nicht, per Hyperfunk die Galaxis darüber zu unterrichten, was hier gespielt wird.«

»Alle Welt glaubt im Moment noch immer an diese ominösen Flottenmanöver, während derer das gesamte Imperiumsgebiet gesperrt und tödlich vermint ist«, fügte Tako Kakuta hinzu. »Das dauert jetzt schon Wochen. Freunde, diese verdammten HdFN blamieren uns vor der ganzen Milchstraße. Denn das mit dem Manöver nimmt uns bestimmt bald keiner mehr ab.«

Das war eine lange und sehr gewagte Feststellung des Teleporters gewesen, vor allem angesichts seiner Verwarnungsliste. Tako duckte sich schon, um den erwarteten Tadel abzublocken.

Doch zu seiner grenzenlosen Überraschung sagte Rhodan, sogar noch mit einem gewissen wohlwollenden Blick:

»Kakuta hat vollkommen recht. Es muß ein Ende gemacht werden. Ich weiß noch nicht, wie, aber bestimmt nicht so, wie Homer G. Adams und seine Geschäftspartner sich das vorstellen. Die Antwort auf alle Fragen, das ganz große Geheimnis lag, liegt und wird liegen in dem, was die Kröten überall auf der Erde tun – und nicht nur dort. Allan?«

Mercant nickte bedeutungsvoll.

»Der Hyperfunk ist zwar unter Kontrolle der HdFN, aber die Solare Abwehr hat noch andere Möglichkeiten der interstellaren Nachrichtenübermittlung, nämlich Geheimkuriere wie zu Zeiten des Zaren. Und über diese Kuriere gelangten die Meldungen von verschiedenen Planeten des Imperiums zu mir, daß überall dort, wo Sonnensysteme von den Kröten besetzt wurden, auch und ebenfalls gebohrt wird.«

»Wonach?« dehnte Atlan. »Ich weiß es genau – dies ist die Frage aller Fragen.«

Rhodan lachte humorlos und sah wieder aus dem Fenster.

»Mindestens zehn Großbankiers stehen da in der Schlange«, sagte er angewidert. »Ach, und die Damen und Herren von der Presse dürfen natürlich auch nicht fehlen.«

»Den da kenne ich auch«, knurrte Bully. »Das ist Hub L. Ronbard, der berühmte Fernsehprediger und Sektenchef.«

»Gleich mit einer Hundertschaft seiner Anhänger angetreten.« Perry schüttelte den Kopf. »Haben die denn gar keine Skrupel mehr? Daß sich die Finanzbosse Geschäfte mit den Kröten versprechen, kann man nicht billigen, aber doch noch verstehen. Aber die frommen Männer?«

»Es sind Prediger, Perry«, seufzte Bull. »Keine frommen Männer. Die nicht. Und von den Geschäften verstehen die oft mehr als jeder Finanzkönig.«

»Äh«, kam es von Gucky. »Wo steckt eigentlich Waringer? Ich weiß gar nicht mehr, wann ich ihn zuletzt gesehen habe.«

»Selbst schuld«, meinte Bully. »Das kommt davon,

wenn ein Mausbiber, der nichts verträgt, Momm-Momm schlürft. Da kann Geoffrey nichts dafür.«

»Er hat aber recht«, sagte Rhodan und sah Homer G. Adams scharf an. Das Finanzgenie war zu einem Kurzbesuch herübergekommen, um die Stimmung zu sondieren. Eigentlich wohnte er jetzt im Palast des HdH. Ganz offen demonstrierte er, wo er die Zukunft sah, und hatte fairerweise auch schon sein Rücktrittsgesuch als Finanzminister des Solaren Imperiums eingereicht. Perry Rhodan allerdings zögerte noch immer damit, es anzunehmen.

Homer G. Adams mochte in seinen Augen ein Überläufer sein, ein ganz mieser Kollaborateur, aber er wußte zu gut, daß er einen so ausgefuchsten Abzocker wie ihn nie wieder für seine Regierung bekam.

Perry sah ihn also scharf, ganz scharf an. Sein Blick wurde zum Eisstrahl, der sich laserähnlich in den des Verräters bohrte, bis Adams den Widerstand aufgab.

»Wo ist Geoffrey Abel Waringer, Mister Adams?« fragte er kalt, ganz kalt. Oh, er konnte seine Mitmenschen mit diesem Blick und der kalten Stimme in Verlegenheit bringen! Er konnte gemein sein, wenn es das Wohl des Imperiums erforderte!

»Weiß ich doch nicht«, sagte er. Es sollte belanglos klingen, aber das schlechte Gewissen tropfte ihm regelrecht aus der Stimme. »Ist er mein Schwiegersohn oder Ihrer?«

»Er weiß es ganz genau«, behauptete Gucky. »Pfui, Homer! Du bist ein... ein Brutus, jawohl!«

»Ich weiß es nicht!« protestierte Adams. »Außerdem kann dieses Vieh meine Gedanken gar nicht lesen, weil ich mentalstabilisiert bin. Dieses Tier kann nicht wissen, daß Warin...«

Er verschluckte sich und kam ins Husten. Ob er nur deshalb so rot wurde oder weil er sich auf so saudumme Weise verraten hatte, wurde nie ganz geklärt.

»Ihr Entlassungsgesuch ist angenommen, Mister Adams«, sagte Perry Rhodan, ohne den Mann noch eines einzigen Eisblickes zu würdigen, der ihn so sehr enttäuscht hatte. »Bitte gehen Sie jetzt. In der Administration sind Sie ab sofort eine Persona non grata.«

»Eine... was?«

»Unerwünscht!« herrschte Rhodan ihn an. »Und jetzt raus!«

»Ich gehe«, verkündete das Finanzgenie mit stolz erhobenem Haupt. »Aber wenn Sie mich wieder mal brauchen – das wird Sie einiges kosten, mein Herr.«

Damit verschwand er. Perry Rhodan wußte zwar immer noch nicht, wer den Verräter einmal ersetzen sollte, aber ihm würde etwas einfallen. Das hatte jetzt sein müssen, das Faß war übervoll. Insgeheim dachte er schon daran, sich nach der Befreiung der Erde in einschlägigen Unterweltkreisen umzusehen, oder bei einer gut laufenden Sekte.

»War ich zu schroff?« fragte er seine Gefährten.

»Keinesfalls«, beruhigte ihn Atlan. »Er hätte die Bastonade verdient. Fünfzig Schläge auf die nackten Fersen. Den Pranger! Eine Talkshow bei Blendy Blender. Teeren und Federn!«

»Bevor du von Rädern und Vierteilen anfängst«, warf Gucky ein. »Wo ist eigentlich Tifflor? Ich weiß gar nicht mehr, wann ich ihn zuletzt gesehen habe...«

»Es muß etwas geschehen«, sagte Perry Rhodan, nachdem sie auch diesen Schock verdaut hatten, »und es wird jetzt auch etwas geschehen.« Er sah sich um. »Fehlt inzwischen vielleicht sonst noch jemand? – Abzählen, Tschubai fängt an.«

»Wo *ist* Tschubai?« fragte Gucky...

Etwas nördlich von New San Francisco, Kalifornien:

Die vier Gestalten, die von ihrem geparkten Gleiter auf die Bohrstelle zugingen, machten nicht gerade den Eindruck, einer gepflegten Zivilisation entsprungen zu sein. Ihr Gleiter, halb im Straßengraben gelandet, war genauso dreckverschmiert wie die Gesichter und die Bekleidung der drei Männer – soweit man bei ihren Lumpen überhaupt noch von Kleidung sprechen konnte.

Sie trugen lange, lodenartige graue Jacken über grauen, kragenlosen Hemden, schlotternde alte Leinenhosen und Aktentaschen. Sie hatten Brillen auf der Nase und verbreiteten eine Mischung aus Buchhaltercharme und Gerichtsvollzieherheiterkeit.

Vielleicht täuschte der äußere Schein auch, denn die drei Männer bewegten sich doch mit einer gewissen Würde durch den Matschacker, der bis vor Wochen eine Pfirsichplantage gewesen war, obwohl sie mit ihren Gummistiefeln bei jedem Schritt bis über die Knöchel versanken. Sie reden nicht miteinander, sondern schienen voll und ganz auf die Bohrstelle und die beiden Laborzelte der Kröten konzentriert zu sein.

Sie hatten sie jetzt fast erreicht. Die ersten HdFN drehten sich schon nach ihnen um. Ein UPMVS erhob sich bedrohlich in die Luft und rollte seine Tentakel aus.

»Gott sei Dank«, brach einer der drei Männer flüsternd das Schweigen, »können diese Mist-Roboter nicht auch noch unsere Gedanken lesen. Genausowenig wie Gucky die Gedanken der Kröten – leider.«

(Damit wären wir bei der Frage, die sich jeder Leser einfach stellen muß, wenn er gut aufgepaßt hat. Zuerst war von vier Gestalten die Rede, und dann immer nur noch von dreien. – Ja, aber doch von drei *Männern*! Die fehlende Gestalt könnte natürlich eine Frau sein, aber das ist schon deshalb unlogisch, weil Frauen in der Regel mehr auf ihr Äußeres achten als Männer. Die vierte Gestalt war aber genauso dreckig wie die drei anderen. Und der entscheidende Unterschied: Sie besaß vier Beine, nicht nur zwei, und sie lief auch darauf. Ihr Fell war struppig, grau bis braun und ziemlich verschlammt. Sie war einen halben Meter groß, besaß hinten einen Schwanz und vorn eine lange Schnauze. Und wer jetzt glaubt, die vierte Gestalt sei ein Hund gewesen, der hat nicht ganz unrecht – aber noch weniger recht.)

»Halt!« stellte sich ihnen eine Kröte in den Weg. »Dies ist eine OFS der Herrn des Feurigen Nebels; Terraner und ihre Haustiere haben keinen Zutritt.«

»OFS?« erkundigte sich einer der drei Männer, die vor dem HdFN stehengeblieben waren. Der schien hier der Bohrführer zu sein, denn im Gegensatz zu den anderen trug er eine gelbe Baseballkappe.

»Offizielle Forschungsstelle«, klärte ihn der Besatzer auf.

»Ach so«, meinte der Mann. »Dumme Frage. Entschuldige auch, Kumpel. Und wir sind SGKDIFV. Wenn wir nur kurz eure Lizenz sehen dürften...?«

»Äa... SGKFIFV?«

(Natürlich hatte jede Kröte ihren Translator umhängen. Wenn der mutmaßliche Bohrführer die Abkürzung also nicht richtig mitbekommen hatte, lag das nicht am Gerät, sondern an seinem IQ.)

»Nicht SGKFIFV«, tadelte ihn einer der beiden anderen Menschen. »Sowas Unanständiges traust du uns nicht zu, oder? Es heißt SGKDIFV: Staatlich geprüfte Kontrolleure der Imperialen Felder-Verwaltung der Erde.«

Die Kröte blickte ihn aus schräggestellten Augen nachdenklich an.

»Dann müßte es aber heißen: SGKDIFVDE! DE fehlt – der Erde.«

»Das weiß doch nun wirklich jedes Kind«, wehrte der dritte im Bunde ab. »Natürlich der Erde. Auf welchem anderen Planeten gibt es so behämmerte Abkürzungen?«

»Äh, bei uns«, mußte der mutmaßliche Bohrführer zugeben.

»Bei euch? Wo ist das?«

»Na, im Feurigen Nebel eben. Die hundertsiebzehnte Galaxis gleich rechts hinter dem Kreuz des Sü...« Die Kröte kniff die Kugelaugen zusammen, irgendwie brachte sie das wirklich fertig. »Was stellt ihr für Fragen? Wer seid ihr wirklich? Laßt mich mal *eure* Ausweise sehen.«

»Bitte.«

Die drei Männer zogen ihre Brieftaschen aus den Jacken und ließen die langen Reihen aneinandergereihter Kreditkarten, Impfpässe, Bewirtungs- und andere noch nicht ans Finanzamt eingereichte Kassenbelege sehen.

»Hmmm, hmmm, hmmm«, kam es aus dem Translator, während die Kröte »Quääk, quääk, quääk« machte. Sie zeigte auf das Tier. »Und das da?«

Der Hund (tun wir mal so, als sei's einer gewesen) richtete sich auf die Hinterbeine auf, machte Männchen und zeigte seine Steuermarke am Halsband.

»Das scheint in Ordnung zu sein«, sagte der HdFN mit der Baseballkappe.

»Das ist es auch«, antwortete einer der Männer, obwohl alle Ausweise, Karten usw. noch nicht einmal halbwegs gute Fälschungen waren und die Hundemarke nur ein altmodischer Schlüsselanhänger. »Jetzt möchten wir aber auch etwas sehen: Eure Lizenz nämlich. Ohne die dürft ihr hier nämlich nicht bohren, nicht einmal in der Nase.«

»Das war jetzt aber nicht sehr gut«, sagte einer der anderen.

Den Herrn dFN schien die Bemerkung dagegen nicht zu stören. Sein plötzlicher Wutanfall hatte andere Gründe.

»Was erlaubt ihr euch!« trompetete und quäkte er los. »Wir sind die neuen Herren dieses Planeten! Wir dürfen bohren, wo, wann und wie wir wollen!«

Der Sprecher der drei Männer schüttelte den verfilzten Kopf. Er sah, wie das UPMVS langsam nähergeschwebt kam. Dahinter stieg ein zweites in den Himmel. Das Vorhandensein von zwei dieser Roboter schien zu bestätigen, daß es sich hier um eine besonders wichtige Bohrstelle handelte.

»Das kann ja gut sein«, sagte der Mensch. »Wir hatten ein halbes Jahr lang einen Job hinten in den Sieben Bergen, weil die Sieben Zwerge da meinten, sie müßten unbedingt streiken.« Er lachte glucksend. »Wir wissen also überhaupt nicht, was hier in den letzten Wochen überhaupt los war. Wenn die Erde neue Besitzer hat, dann ist das ja grundsätzlich in Ordnung. Aber wir müssen trotzdem eure Lizenz sehen.«

»Wenn wir aber keine Lizenz hätten?« fragte die Kröte zurück, deutlich vorsichtiger geworden. »Ich meine, nur einmal angenommen...«

»Dann müßtet ihr auf der Stelle mit dem Bohren aufhören und eure Zelte abbrechen.«

»Erdenwürmer!« kreischte der HdFN, anscheinend doch ein Choleriker. »Ihr habt uns nichts zu erlauben und zu verbieten! Wir machen die Gesetze, und wir bestimmen, wer wo was darf, und was nicht!«

Der Sprecher der drei Männer blieb ruhig, zuckte langsam mit den Achseln und wandte sich an seine beiden Begleiter.

»Sie haben es gehört, meine Herren«, stellte er laut fest, während er einen positronischen Notizblock zückte und etwas hineintippte. »Diese Leute da verweigern die Auskunft, haben anscheinend keine Lizenz und sind auch noch unfreundlich, indem sie Beamte des Solaren Imperiums beleidigen. Für uns gibt es hier nichts mehr zu tun.

Ich fürchte aber, daß nun das Sonderprogramm VPMKG in Aktion treten muß.« Er bekreuzigte sich, die anderen taten es auch, sogar der Hund. »Ich muß niemandem sagen, was das zu bedeuten hat – für uns, für die Erde und für das ganze Universum.«

»Ich darf nicht daran denken«, sagte sein Begleiter zur rechten.

»Daß es dazu kommen muß!« entsetzte sich der dritte Mann.

»Moment!« rief der mutmaßliche Kolonnenführer, als sie sich schon zum Gehen gewandt hatten. »Was, bei der Heiligen Unke, ist das Sonderprogramm VPMKG?«

»Ihr werdet es erfahren«, erhielt er kühl zur Antwort. »Sehr bald. Wenn ihr noch etwas ins Reine zu bringen habt, dann tut es jetzt.«

»Wartet, wartet doch!« Der HdFN schien mit sich zu ringen. Inzwischen umstanden alle Kröten des Bohrtrupps die Gruppe, und die beiden UPMVS-Roboter schwebten drohender denn je. »Dieses… dieses VPMKG-Programm muß etwas Furchtbares sein, oder?«

Einer der Männer nickte. Sein Gesicht war eine Maske des Grauens.

»Und ob!«

»Etwas, das uns vernichten könnte?« fragte die Kröte vorsichtig weiter.

»Schlimmer. Viel schlimmer.«

»Es könnte das gesamte Universum aus den Angeln heben?«

»Noch schlimmer.«

»Wenn wir euch jetzt töten würden, würde es aber nicht gestartet, oder?«

»Doch. Mein positronisches Notizbuch ist in Wirklichkeit ein Impulsgebergerät, mit dem VPMKG bereits aktiviert worden ist.«

»Und ihr könnt es nicht rückgängig machen?«

»Doch«, sagte der bisher schweigsamste Mensch. »Wenn ihr uns eure Lizenz zeigt und sagt, wonach ihr hier bohrt.«

»Wir haben doch gar keine Lizenz!« kreischte die Kröte. Sie sah jetzt wirklich verzweifelt aus.

»Dann sagt uns, wonach ihr sucht, und wir drücken noch einmal ein Auge zu!«

Der mutmaßliche Bohrführer (er war es wirklich, jetzt können wir es ja verraten, denn gleich lebt er nicht mehr) schien noch einmal zu ringen, und zwar mit sich selbst.

Dann sagte er:

»Im Interesse des Universums und aller Völker des Feurigen Nebels – also sei es! Wonach wir bohren und suchen, weshalb wir mit unserer derzeit größtmöglichen Invasionsflotte in diese Galaxis kamen, ist...«

Er machte den Eindruck, als hätte er jetzt wirklich gerne weitergeredet, als ob ein Knoten geplatzt sei. Doch leider schien das gar nicht im Sinn der beiden UPMVS-Automaten zu sein, denn sie zerstrahlten ihn und alle anderen Kröten, bevor er das verräterische Wort sagen konnte. Diesmal benutzten sie blaue Strahlen, und deren Wirkung war so unappetitlich, daß hier auf eine Schilderung verzichtet wird.

Als die Roboter ihre Tentakelstrahlarme auf die drei Männer und den Hund richteten, riß sich dieser gekonnt schnell und fünfzigmal geübt das falsche Fell vom Leib, machte einen Satz vor und drohte den Robbies mit kleinen, warzigen Patschhändchen.

»Haltet ein!« quäkte er. »Kein Schuß, oder ihr seid schon so gut wie auf dem Schrottplatz! Ich bin in Wirklichkeit der diplomatische Vertreter aller Krötenvölker dieser Galaxis hier auf der Erde, und das da sind meine Betreuer.« Er deutete auf die drei Männer. »Wir sind persönliche Freunde eures Herrn der Herren, zwei von uns haben sogar schon Momm-Momm mit ihm getrunken. Wollt ihr es wirklich wagen, uns mit euren blauen Strahlen zu kommen?«

Die beiden Roboter schienen zu beraten. Die drei Männer und die große Kröte versuchten schon, vorsichtig den Rückweg zu ihrem Gleiter anzutreten, da hörten sie aus der Höhe:

»Mit denen nicht, aber mit den violetten.«

5.

Die Rache der Kröten (Immer noch Mitte Juni 2877)

Das böse Erwachen

Der Zellaktivator war wirklich von Markenqualität. Als Perry Rhodan diesmal zu sich kam, befand er sich nicht im Kreis aller seiner Freunde im mittlerweile gewohnten Krankenzimmer, sondern irgendwo im Palast des Herrn der Herren. Er erkannte das, als seine Sinne sich allmählich wieder ordneten, an dem Schlamm ringsum, dem Gestank, den ehemals bunten Teppichen und dem tropfsteinartigen Gewölbe des Raumes, in dem er lag – und nicht nur er.

»Hallo, Perry.« Das war doch Atlans Stimme! »Nett, dich wieder unter den Lebenden zu sehen. Bully und ich sind schon einige Tage länger wach, aber es war ja auch unser erstes Bad in den Zermatschungsstrahlen.«

Einen Moment nachdenken…

Atlan und Bully?

Wie war das gleich noch gewesen?

Jetzt kam es. Atlan, Bully und er, mit Gucky als getarntem Krötenbotschafter der Galaxis, beziehungsweise doppelverkleidet als Hund.

Die Männer als hinterwäldlerische Inspektoren getarnt, um endlich herauszufinden, wonach die Herrn des Feurigen Nebels hier auf der Erde suchten. Gedemütigt in der Maske von Vollidioten, die hinter den Sieben Bergen die Zeit verschlafen hatten. Bewaffnet mit Mikrobomben, die sie gar nicht erst in die Bohrgruben schleudern konnten, weil diese beiden Roboter ihnen zuvorgekommen waren, mit ihren verdammten lila Strahlen.

Immerhin hatte die Sache auch ein Gutes gehabt.

Perry Rhodan wußte nun, daß die Zermatschungsstrahlen lila waren. Vielleicht wurde diese Erkenntnis einmal sehr wichtig. Wenn es Waringer zum Beispiel gelang, etwas zu entwickeln, das die Strahlen ganz einfach umfärbte...

Aber erstens war Waringer schon auf der anderen Seite, und zweitens konnte niemand vorhersagen, was ein Umfärben – etwa in Karminrot mit Kirschgeschmack – an neuen, noch schrecklicheren Wirkungen gezeitigt hätte.

Auf jeden Fall war Perry Rhodan wieder einmal auf dem Weg der Besserung, wenn ihm auch der Schädel gewaltiger brummte denn je. Aber er wußte nun, daß das nächste Zermatschungsbad selbst für ihn, den künstlich Unsterblichen, sehr tödlich sein konnte.

»Fast hätte der mutmaßliche Bohrgruppenführer uns verraten, was sie hier suchen«, tönte Reginald Bulls Stimme. Rhodan drehte ihm den Kopf zu und biß sogleich die Zähne fest aufeinander. Sein Bett – oder was immer das auch war, worauf er lag – schwankte, oder waren es seine Sinne? Jedenfalls durchstach ihn ein ziehender Schmerz, und er hatte das absolut unangebrachte Bedürfnis, aufzuspringen, einen Schuhplattler zu tanzen und zu jodeln.

Fast, ja...

Fast hätte der Krötenmann mit der Baseballkappe es ausgesprochen. Dann wäre das geheime Kommandounternehmen mit Atlan, Bully und Gucky zusammen doch ein Erfolg gewesen. So aber sahen sie ziemlich blamiert aus.

Bestimmt waren sie Gefangene des Krötenkönigs. Vielleicht würde er sie zur Strafe für ihre versuchte Sabotage foltern lassen. Vielleicht mußten sie sogar Momm-Momm trinken. Alles war denkbar, nichts unmöglich.

Die Zellaktivatorträger und mit ihnen die Erde steckten in einer absolut bescheidenen Lage.

»So eine Schnapsidee«, hörte der Großadministrator sich sagen. Er tat weh und klang auch so. »Wer hatte die eigentlich?«

»Na, du«, wunderte sich Atlan über die ungewöhnliche Gedächtnisträgheit seines Freundes.

Für eine Weile herrschte ziemlich betretenes Schweigen in der feuchtwarmen Grotte. Jeder war mit seinen eigenen Gedanken und Schmerzen beschäftigt.

»Halloooo!« rief dann plötzlich eine Stimme, ohne daß Perry gehört hätte, daß jemand den gewölbten Raum betreten hätte. »Schön zu sehen, daß es auch meinem Herrn Schwiegervater wieder besser geht.«

»Jetzt allerdings nicht mehr«, versetzte Rhodan nach sofortigem Umschalten von seinen Überlegungen auf die aktuelle Situation, was ebenfalls noch ganz ungewohnte Schmerzen bereitete. (War das schon der Anfang vom Ende? War der Zellaktivator, trotz bisher guter Leistungen und einem ›Sehr gut‹ von der Stiftung Warentest, kurz vor dem Kollaps? Hatte er sich nach dem letzten Zermatschungsbad übernommen?) »Weiche von mir, Verräter! Meine Tochter Suzan wird sich in der nächsten Woche von dir scheiden lassen, dafür garantiere ich dir!«

»Es sieht leider so aus, als könntest du momentan für gar nichts mehr garantieren, Schwiegerdaddy«, sagte Waringer, als er sich auf die Bettkante setzte. Er lächelte milde. »Sieh doch endlich ein, daß wir neue und gute Freunde gefunden haben. Laß dir doch von uns helfen, auch einen guten Job in Diensten der Herren des Feurigen Nebels zu finden.«

»Hör auf!«

Das Schreien tat höllisch weh, und Waringer fuhr eiskalt fort: »Stell dir doch nur vor, Perry, wie wir von ihrem technischen Knowhow profitieren könnten! Rote Löcher ins Universum zu bohren – davon habe noch nicht einmal ich geträumt. Ihre Schiffe, ihre Antriebe, und erst ihre Roboter – wir müssen ganz einfach die Gelegenheit ergreifen und alles von ihnen lernen.«

»Das ist einfach schäbig!« hustete Rhodan.

»Das mußt du gerade sagen.« Waringer ließ nicht lokker. »Wie weit wärst du denn gekommen, wenn du Crest und Thora nicht auf dem Mond gefunden und ihnen ihre Technologie geklaut hättest? Du wärst niemals unsterblich geworden, sondern irgendwann ein alter Raumfahrtpionier, der es im höchsten Fall noch zum Präsidenten der USA gebracht hätte.«

Das war so gemein!

Es war so hundsgemein, daß Perry keine Antwort darauf einfallen wollte, die nicht unter seiner Würde gewesen wäre.

Alle verrieten sie ihn.

Homer G. Adams wegen des Geldes, das er zu scheffeln hoffte. Geoffrey Abel Waringer wegen der Technik der Kröten, die ihn ganz einfach blendete.

Ras Tschubai aus noch ungeklärten Gründen – vielleicht weil er darauf hoffte, daß der Herr der Herren ein Mutantenkorps auf die Beine stellen wollte und erheblich mehr bezahlte als Rhodan.

Und wer war inzwischen noch abgesprungen?

»Gucky muß es ganz schwer erwischt haben«, sagte Atlan. »Vielleicht lebt er gar nicht mehr, weil er die Zermatschungsstrahlen nicht ertragen konnte. Ich habe ihn jedenfalls seit meinem Erwachen hier im Palast überhaupt nicht mehr gesehen. Er war nicht bei uns in der Krankengrotte...«

(Jetzt fragen wir uns natürlich alle, was mit dem Mausbiber passiert ist, ob auch er Verrat beging, und wenn ja, für welchen Preis? Aber wir wollen natürlich auch wissen, was es mit der Jauchegrube und dem Pendel auf sich hat, und deshalb blenden wir nun wieder um auf den scheinbar so unbedeutenden, aber eminent wichtigen Nebenschauplatz.

Es ist dort immer noch der 14. April, später Abend...)

Pierre Gataux und die Kröten
2. Folge: Es ist noch Suppe da

Der Lichtschein der starken Halogenstablampe wanderte vor den Männern her, über den geschotterten Weg zum Schuppen, rechts das Haus, links ein Rosenbeet, und noch weiter links, wenige Meter vor dem großen Tor des Schuppens...

»Pierre!« rief Charlotte von der Treppe aus. »Mon dieu, ich kann es nicht finden! Ich kann das Pendel nicht finden!«

»Dann laß es!« gab Gataux zurück. Jetzt, an der frischen Luft, merkte er erst, daß er schon mehr als nur leicht berauscht war. »Ist auch nicht so schlimm, vielleicht funktioniert es ja gar nicht mehr, nach den vielen Jahren.«

»Dem Himmel sei dank!« rief Charlotte. »Wozu fuchtelt ihr da eigentlich mit der Taschenlampe herum? Heutzutage haben wir überall Scheinwerfer. Wartet, ich schalte sie ein!«

»Ach ja, die Scheinwerfer«, brummelte Pierre.

Wieso war er da nicht selbst drauf gekommen?

Aber bevor die Flutlichter angingen, erfaßte der Strahl seiner Lampe die Grube und die beiden Gestalten, die vergeblich versuchten, sich in der Jauche zu verstecken.

»Was ist *das*?« fragte Philippe, der Knecht. Er hatte übrigens ein Hinkebein. »Suhlen sich wieder die Säue von Nachbar Flaubère in unserer Gülle?«

Er verwechselte da einiges, aber das war bei Philippe normal. Gefährlich wurde es, wenn er mehr als einmal die

Woche einen klaren Gedanken faßte – noch gefährlicher aber, wenn er diesen auch äußerte.

»Es sind Kröten!« erkannte Gataux' Sohn Gaston, ganz der Stolz des Vaters, mit unerbittlichem Scharfsinn. »Zwei von denen, die draußen auf unserem Acker buddeln, mon père!«

Pierre schwankte ein bißchen, obwohl gar kein Wind ging, Baccu kläffte wie ein Dackel, und Charlotte fand endlich den Hauptschalter für die Scheinwerferanlage des Musterguts.

Die Jauchegrube und das Pendel wären auf einmal in strahlende Helligkeit getaucht gewesen, wenn Charlotte oder Pierre oder wer auch immer das Pendel nicht verlegt gehabt hätte. So beleuchtete es nur die beiden fast mannsgroßen Kröten vom Bohrtrupp, die jetzt wohl einsahen, daß ihr Versteckspiel keinen Sinn hatte, und sich an den Versuch machten, aus der Jauchebrühe herauszuklettern. Die Grube war über zwei Meter tief; selbst für Kröten war es kein alltäglicher Spaziergang, da wieder herauszukommen.

»Wir müssen ihnen helfen, mon père«, sagte Klein-Gaston ganz aufgeregt. »Dann nehmen wir sie gefangen, und sie müssen uns alles über ihre Raumschiffe erzählen, über die großen Korkenzieher, na, du weißt doch schon!«

Pierre dachte beim Wort ›Korkenzieher‹ sofort an genau solche, und an die dazu passende Zweiliterflasche Roten. Obwohl Gaston das natürlich ganz anders gemeint hatte. Sein Riesenwunsch war es, später einmal Raumschiffskonstrukteur zu werden, ein genialer Erfinder wie sein Idol, Professor Waringer.

(Natürlich konnte Gaston nicht wissen, daß Waringer zum Verräter geworden war, aber das hätte ihn auch nicht weiter gestört. Waringer war für ihn die Unfehlbarkeit in Person, er wäre sofort mit flatternden Fahnen zu den Besatzern der Erde übergelaufen.)

»Gefangennehmen, so ein Unsinn«, wehrte Pierre Gataux ab. »Es sind vielleicht die Feinde der Bonzen in Terrania, aber nicht die von uns einfachen Leuten. Das hier sind Arbeiter wie wir, deshalb werden wir ihnen helfen. – Philippe und Gilbert, holt Stangen und zieht sie da raus. – Charlotte, die beiden anderen Knechte sollen große Wannen und Wasser herbeischaffen. Wir waschen die Burschen ab, und dann bekommen sie von uns erst einmal eine Stärkung, bevor sie sich noch den Tod holen!«

Ja, so war Pierre Gataux. Ein einfacher Mensch mitten aus dem Leben. Es wäre verfehlt zu behaupten, daß er bei der Stärkung auch an sich selbst dachte, denn eine ganze Zweiliterflasche schafften die Kröten bestimmt nicht allein. Nein, Pierre Gataux tat, wenn er in Stimmung war, alles für seinen Nächsten, ob es nun Menschen waren oder intelligente Kröten aus einer fernen Galaxis. Außerdem wallte in seinen Adern immer noch proletarisches Blut. Er hatte bei der letzten Wahl für die Sozialisten gestimmt, als einziger weit und breit. Ihm war es egal, wie die Leute in der Stadt ihn immer anguckten, und ihm war es auch gleich, ob sich nur die Proletarier aller Länder vereinigen sollten oder besser gleich die des ganzen Universums.

Nur manchmal fragte er sich, ob NATHAN vielleicht gesprächiger war, als es bei angeblich doch geheimen Wahlen sein sollte. Denn wie sonst war es zu erklären, daß er vom Präsidenten der Sozialistischen Internationale, dem Genossen Wumwumm aus der letzten Volksrepublik der Erde, nämlich Brutopien, für seine mutige und selbstlose Wahlstimme den Großen Verdienstorden der Partei am Bande und mit dem Roten Stern geschickt bekommen hatte – und auch noch mit persönlicher Widmung?

Er hatte ein großes Herz, dieser Pierre Gataux von den Ausläufern der Ardennen, die besser Neu-Ardennen geheißen hätten.

Besondere Intelligenzbestien waren sie nicht, die modernen Gallier, aber sie hätten ihr letztes Hemd für einen Armen gegeben, ohne eine Gegenleistung zu erwarten. Das unterschied sie beispielsweise von den Bewohnern Terranias. Die hätten ihr letztes Hemd auch gegeben – aber für mindestens den dreifachen Einkaufspreis.

Das große Herz besaß daher auch Charlotte, hinter der wallenden Brust war ja Platz genug dafür. Während die Knechte und Pierre den beiden Kröten halfen, sich aus der Jauchegrube zu befreien, ging sie zurück in die große Wohnküche und kochte zuerst einmal einen Glühwein für den unerwarteten Besuch. Dann fiel ihr ein, daß noch ein guter Rest von der Zwiebelsuppe im Topf war und die beiden Bohrarbeiter sicher hungrig waren. Selbst bis zu ihr war es vorgedrungen, daß die Besatzer jegliche Art von terranischer Kost verabscheuten, aber für alle Fälle setzte sie den Rest Suppe noch einmal ins Aufwärmfeld ihrer modernen Mehrkomponentenfeld-Kochecke.

Und sie entfaltete wieder ihren Zwiebel-Knoblauch-und-mindestens-zehn-andere-Gewürze-Duft…

Und der Duft schlich sich aus der halb offenen Haustür, kroch über die Treppe, folgte dem Schotterweg, ließ die Jauchegrube links liegen und drang in den Schuppen, wo die beiden Krötenarbeiter gerade in den herbeigeschafften großen Wannen saßen, ständig mit warmem Wasser übergossen wurden und sich mit Kehrbesen abschrubbten.

Dabei hatten sie eben noch miteinander gequäkt, daß sie bei der erstbesten Gelegenheit abhauen mußten. Bombo, der Truppführer, würde schon ungeduldig warten, und sie fanden es eklig, was sie hier vor den wachsamen, aber irgendwie trüben Augen der Terraner mit sich veranstalten lassen mußten.

(Natürlich trugen sie ebenfalls Translatoren, irgendwo in einer Hautfalte oder sonstwo versteckt, aber die konnte man bei Bedarf ausschalten, damit das Gequäke und Gequieke von den Erdlingen nicht gleich verstanden wurde.)

Aber dann kam der Geruch, stieg in ihre Nasen und von dort ins Gehirn, lähmte jeden Gedanken an Flucht und alles andere, bis auf den einen:

»Wir sind hungrig!« krächzte Agra, nachdem er den Translator wieder eingeschaltet hatte. »Wir sind sooooo hungrig!«

Er vergaß völlig, daß sie eben noch fliehen wollten und Bombo irgendwo auf sie wartete. Er vergaß, daß doch *sie* die neuen Herren der Erde waren und daher nur zu befehlen, nie zu betteln hatten. Er vergaß ganz einfach alles, konnte nur noch an diesen Duft denken – und an die Köstlichkeit, die ihn verströmte.

»Auch durstig?« fragte Pierre heimtückisch.

»Durstig«, quäkte Ombra. »Durstig, ja auch.«

»Dann seid ihr meine Gäste. Aber zuerst müßt ihr euch gründlich abseifen und nochmal waschen lassen, weil sonst Charlotte, das ist ma femme, euch nicht an den Tisch läßt.«

»Können wir das nicht auslassen?« fragte Agra, überaus erregt.

»Tut mir leid, Jungs«, mußte Pierre bedauern, »aber da läßt sie nicht mit sich reden.« Er seufzte. »Mir könnt ihr das glauben. Aber paßt auf! Wenn ihr vor dem Abseifen schon mal einen Schluck nehmen wollt…«

Er holte eine Flasche aus einem nur ihm bekannten Versteck in der Scheune, biß den Korken heraus, trank, um die Qualität zu prüfen, die halbe Flasche erst einmal aus, und reichte sie dann an den enttäuschten Knechten vorbei den Kröten vom Feurigen Nebel.

Ombra und Agra sahen wohl ein, daß sie nur über diesen Umweg an das herankamen, was den betörenden Duft verbreitete. Sie knobelten kurz darum, wer in den sauren Matsch beißen und von dem roten Zeug trinken mußte, was bei ihren Gliedmaßen recht merkwürdig aussah, und Agra verlor.

Er trank, setzte die Flasche ab, bekam noch größere Glotzaugen, rülpste und machte laut »Aaaaah!« (beziehungsweise »Quöööö!«)

»Das sein gut«, sagte er, bevor ihm Ombra die Flasche aus den Fingern riß. »Du noch mehr davon?«

Alkohol schien sich in schädlicher Weise auf das Sprachzentrum der Herren des Feurigen Nebels niederzuschlagen. Davon später mehr, weil wir jetzt wieder ganz kurz zu Perry & Co. zurück müssen.

Inzwischen darf aber schon spekuliert werden, wie sich der Genuß von Zwiebel-Knoblauchsuppe auf die HdFN auswirkt.

Das Resultat wird – so oder so – sensationell sein!

Die große Verzweiflung

Die immer noch imperiumstreuen Zellaktivatorträger hielten sich wieder im Administrationsgebäude auf, diesmal in einem Konferenzsaal, der keine Fenster hatte. So mußten sie nicht andauernd den Gips-Schlamm-Palast des Herrn der Herren sehen. Sie saßen an einem großen, ovalen Tisch, die Wände waren voller Bildschirme und Bedienungselemente. Wer unbedingt verfolgen wollte, was draußen vorging, der konnte das aber auch mit seinem Persönlichen Tischmonitor tun, der zu jedem Sitzplatz gehörte. Dabei belästigte er die anderen Anwesenden nicht.

Inzwischen schrieb man hier den siebzehnten Juni, aber das macht nichts, weil das, was immer noch am vierzehnten des Monats bei den Ardennen abläuft, genau am zwanzigsten Juni, neun Uhr dreiunddreißig Minuten, hier relevant werden wird.

(Wir spielen eben ein bißchen mit der Zeit, und wem das nicht paßt, der hätte besser nie damit anfangen sollen, SF-Romane zu lesen.)

Gucky, das ist vielleicht die wichtigste Nachricht, war wieder mit von der Partie. Er war nicht zum HdH übergelaufen, allenfalls vielleicht nur als Doppelspion, und hockte auf Reginald Bulls Schoß, ließ sich den Nacken kraulen und las sehr aufmerksam im PERRY RHODAN-Roman mit der Nummer elfhunderteIf, den er lange gesucht und nun bei einem schnauzbärtigen Münchener Antiquar für eine Unsumme als altes Exemplar aus der neunten Auflage bekommen hatte. So wie er die Stirn runzelte, einmal lachte und einmal schimpfte, mußte dort ein ziemlicher Schwachsinn über ihn geschrieben stehen.

»Werilt!« hatte er einmal gerufen. »Sowas Verrücktes!«

»Werilt?« hatte Bully verdutzt gefragt. »Ich kenne nur den Wer*wolf*.«

»Ich lese so ein Zeug überhaupt nicht«, hatte John Marshall gesagt. »Ich kenne den Wer*bung*, und der reicht mir vollkommen.«

»*Den* Wer*bung*?« Bully hatte ihn tadelnd angesehen. »Es heißt immer noch *die* Werbung, mein lieber John.«

Marshall hatte mit dem Kopf geschüttelt.

»Ich meine nicht *die* Werbung, sondern *den* Werbung – die Wolfsform von Yon Bung, dem Ninja-Destruktator.«

»Was – den gab's auch in Wolfsform?«

»Klar, der hat doch damals Reklame für Dosenblut gemacht.«

Diese Unterhaltung, die langsam ins Peinliche abzugleiten drohte, war bald zu Ende; nun stand Perry Rhodan auf und faßte den momentanen Stand der Dinge zusammen:

»Meine Damen und Herren, liebe Kameraden«, begann er. »Wir haben uns heute zusammengefunden, um...«

»Psssst, Perry«, zischte Atlan. »Das Manuskript!«

Erstaunt blickte Rhodan auf die Textfolien in seiner Hand.

»Und? Was ist damit?«

»Es ist das Falsche«, flüsterte der Arkonide, um seinen alten Bundesgenossen nicht zu blamieren.

»Ach so«, sagte Perry, »es ist das Falsche. Kein Problem, warum sagst du das dann so leise?«

Atlan schlug sich mit der flachen Hand gegen die Stirn und fragte sich abermals, ob die Zermatschungsbäder und der Momm-Momm-Mißbrauch Perry Rhodan nicht doch mehr geschadet hatten, als es nach außen hin wirkte.

Doch dann belehrte ihn der Terraner mit seiner flammenden Rede eines Besseren.

»Freunde und Weggenossen, Mitstreiter und Aufrechte«, begann er noch einmal. »Die Lage ist aussichts-, aber fast hoffnungslos. Ehemalige Getreue wie Homer G. Adams, Julian Tifflor, Ras Tschubai, Geoffrey Waringer und Allan D. Mercant haben uns den Rücken gekehrt. Adams sieht nur noch Geld, Tifflor erhofft sich wohl einen besserbezahlten Posten im Feurigen Nebel, Tschubai hat damit begonnen, ein Mutantenkorps für den Herrn der Herren aufzustellen, steht aber bisher damit noch allein da.«

Gucky hob eine Hand, ohne aufzuhören zu lesen.

»Ja?« fragte Rhodan. »Bitte, Sonderoffizier Guck.«

»Wuriu Sengu und Kitai Ishibashi sind ebenfalls übergelaufen, nachdem Ras ihnen den Titel eines Supermutanten Erster Klasse angeboten hatte.«

Rhodan blickte in die Runde. Tatsächlich, die beiden fehlten.

Und noch während er blickte, verschwand auch Tako Kakuta.

»Also Sengu, Ishibashi und Kakuta«, stellte der Großadministrator grimmigst fest. »Feige Bande! Was hat der Herr der Herren, das ich nicht habe?«

»Warzen«, stellte Atlan ganz sachlich fest.

»Titel«, meinte Gucky. »Die Verlockung des Exotischen.«

»Geld«, sagte Reginald Bull. »Viel Geld.«

Perry Rhodan nickte.

»Womit wir wieder beim Thema wären, meine Herren. Die Pilgerfahrt der Finanz- und Wirtschaftsbosse zum Krötenkönig zeitigt ihre ersten Erfolge. Aber wenn unser SolAb-Chef aus durchsichtigen Gründen ebenfalls übergelaufen ist, nämlich weil er sich Hoffnungen darauf macht, einen ganzen Feurigen Nebel und vielleicht zwei, drei weitere Galaxien als Sicherheitschef kontrollieren zu können, kommen doch noch Informationen zu uns. Ich wäre ein schlechter Großadministrator, hätte ich Mercant blind vertraut und ihn nicht ebenso bespitzeln lassen wie er mich seit Anbeginn.«

»Das hast du wirklich getan?« fragte Atlan mit unverhohlener Bewunderung. »Dann werde ich dich eines Tages zum Ehrenarkoniden ernennen, Barbar.«

»Später«, wehrte Rhodan ab, gekonnt bescheiden. »Aber jetzt weiter im Text. Die andere Handlungsebene dieses Romans, drüben bei den Ardennen, wird sowieso gleich viel spannender. Sache ist, daß der Warenaustausch zwischen der terranischen Wirtschaft und den Herren des Feurigen Nebels inzwischen richtig in Schwung gekommen ist. Transportgleiter fliegen zwischen den Verladestellen unserer Raumhäfen und den Korkenzieherraumern hin und her. Sie bringen Waren von der Erde, natürlich ohne uns um Erlaubnis zu fragen, zu den Invasoren, und sie kommen mit ebenso gewaltigen Ladungen irgendwelchen Zeugs wieder zurück. In erster Linie soll es sich dabei um landwirtschaftliche Produkte handeln, Superdünger aus Krötenmist und ganz neue Pflanzen, die um das Zehnfache ertragreicher sein sollen als unsere durch die Gentechnik sowie schon tausendmal abwürfiger gemachten Gemüse- und Getreidesorten.«

»Was liefern wir dafür?« wollte Bully wissen. »Entschuldige, ich meine die krötenhörigen terranischen Geschäftemacher?«

»Weiß ich doch nicht«, erwiderte Rhodan gereizt. »Gold vielleicht. Oder Vogelspinnen, Krebse, Muscheln. Möglicherweise alte Fix-und-Foxi-Hefte oder antike Michael-Jackson-Plakate. Darauf sollen die Kröten ja ganz scharf sein.«

»Kann man verstehen«, seufzte John Marshall. »Womit ich nichts gegen die Hefte sagen wollte.«

»Leute«, seufzte nun auch Perry Rhodan. »Was können wir nun noch tun? ES zu Hilfe rufen?«

»Um Himmels willen, nein!« rief Atlan aus, fast panisch.

»Den Schiedsrichter rufen?«

»Wen?«

Rhodan winkte ab.

»Vergeßt es. Die Hohen Mächte des Universums vielleicht?«

Atlan blickte skeptisch.

»Gute Idee. Aber hast du ihre Nummer zur Hand?«

»Vergiß das also auch«, brummte der Großadministrator.

Er lehnte sich in seinem Sessel zurück und verschränkte die Arme über der Brust.

Trostlos blickte er vor sich hin auf den Tisch. Ein Bild des Jammers. Ohne Hoffnung, ohne eine flammende Idee, ohne den gewissen Knacks, der im letzten Moment bisher immer einen Ausweg aus jeder noch so fatalen Situation gewiesen hatte.

Diesmal, so schien es, waren sie am Ende. Das Imperium, die Erde, die ganze Menschheit.

Wenn nicht doch ein Wunder geschah.

Dieses bestand allerdings nicht darin, daß die Tür aufgestoßen wurde und Tako Kakuta hereingestolpert kam, und zwar ziemlich lädiert. Er hielt sich den Kopf, und aus einer großen Platzwunde an der Stirn sickerte Blut.

»Also doch kein Verräter!« stellte Perry Rhodan fest, grenzenlos erleichtert. Wendete sich jetzt das Blatt? Er eilte höchstpersönlich zum Mutanten und stützte ihn, als Kakuta zusammenzubrechen drohte.

»Was war los, Tako?« fragte er. »Haben sie Sie zusammengeschlagen? Oder etwa punktgenau auf die Stirn zermatscht? Was haben diese Kröten mit Ihnen gemacht, Tako?«

Kakuta ließ sich zu einem Sessel führen und versichern, daß ihm alles verziehen sei, was er in den letzten Wochen gesagt habe.

»Es waren nicht die Kröten«, stöhnte er dann. »Auch nicht ihre Roboter.«

»Sondern wer?« fragte Reginald Bull mitfühlend.

»Ihre Pflanzen. Ich wollte vorhin nur kurz hinaus, um frische Luft zu schnappen. Und dabei rannte ich voll gegen eine ihrer Pflanzen, die aus den Korkenzieherraumern. Genau gesagt, gegen einen ziemlich stämmigen Baum.«

Gucky vergaß für einen Moment seine Lektüre und fragte erstaunt:

»Wie kann man offenen Auges gegen einen Baum rennen, Tako?«

Und Tako Kakuta antwortete wütend:

»Quatsch nicht so schlau, Ilt! Wenn diese Bäume doch unsichtbar sind! Jawohl, das stimmt! Überall auf der Erde werden jetzt unsichtbare Bäume und Sträucher gepflanzt, sogar unsichtbare Brennesseln und Vogelmiere! Das ist der Fortschritt, den uns die Kröten bringen.« Er lachte wie irr. »Das ist der Fortschritt…!«

6.

Das Geheimnis der Kröten (Leider immer noch Mitte Juni 2877)

Pierre Gataux und die Kröten
3. Folge: Charlottes große Stunde

Agra und Ombra hatten die Zähne (oder was immer sie statt solcher im Mund hatten) fest zusammengebissen und die grausame Prozedur über sich ergehen lassen. Zum Schluß waren sie mit einem Hochdruckreiniger abgespritzt worden, Charlotte hatte sich ihre Finger zeigen lassen, war zufrieden gewesen, und endlich hockten die beiden Herren des Feurigen Nebels auf den extra breiten Stühlen, die Philippe für sie aus dem Keller geholt hatte. Und zwar hockten sie am Tisch. Es war für sie etwas ungewohnt und unbequem, aber das störte sie jetzt nicht mehr.

Es gab überhaupt nichts, was sie noch stören konnte; nichts, das sie wahrnahmen außer dem einen: dem Duft, der ihr Universum bis in den letzten Winkel ausfüllte. Sie waren mittendrin, er wurde noch stärker, kam näher. Die Menschenfrau erschien wie die Große Krötengöttin Gruaaak, die einmal im Jahr zu den Sterblichen herabstieg und ihnen Freude und Kostbarkeiten brachte.

Aber so eine Köstlichkeit wie die Suppe hatte Gruaaak bestimmt noch nie in den Feurigen Nebel geliefert. Sicher hatte selbst der Herr der Herren noch nie einen solchen Duft erlebt – und erst das, was ihn verströmte.

Charlotte stellte jedem der beiden Kundschafter eine Schüssel hin und drückte ihnen einen Löffel in die rechte Hand. Pierre, die Knechte und alle drei Kinder standen um den Tisch herum und warteten gespannt darauf, wie die Suppe ihren Gästen munden würde.

Und sie sollten nicht enttäuscht werden.

Pierres Nase war inzwischen so rot wie der Wein, der sie verursachte. Die nächste entkorkte Flasche stand bereits auf dem Tisch. Agra und Ombra beachteten sie nicht, obwohl ihnen das Zeug immer besser geschmeckt hatte und ihr Sprechvermögen entsprechend reagierte.

»Wozu das?« fragte Ombra und warf den Löffel in hohem Bogen hinter sich. »Nicht gut!«

»Aber...«, sagte Charlotte, dann blieb sie sprachlos.

Beide HdFN hoben zugleich ihre Schüssel, sperrten das Krötenmaul weit auf und schütteten sich die Zwiebel-Knoblauchsuppe so gekonnt in den Rachen, daß kaum ein Spritzer verlorenging.

In dieser Stellung, den Kopf weit zurückgebogen, die Arme mit den Händen und Schüsseln über dem aufgesperrten Mund, verharrten Agra und Ombra. Sie bewegten sich nicht. Die Suppe mußte sich inzwischen in ihrem Magen befinden, aber sie rührten sich nicht und hockten in ihrer völlig unmöglichen Stellung da, als habe sie gerade der Blitz getroffen und in Stein geschlagen.

»Äh..., hallo?« fragte Pierre Gataux vorsichtig. Seine Zunge war schwer. Er sah die Kröten doppelt, aber auch wenn es vier waren, dachte keine einzige daran, irgendein Lebenszeichen von sich zu geben.

»Oh, mon dieu, mon dieu!« flüsterte Charlotte ganz entsetzt. Sie schien darüber hinweg zu sein, wie barbarisch die Fremden sich ihre gute Zwiebelsuppe ins Maul gestürzt hatten. »Sie werden doch nicht... tot sein? Wir... wir haben sie doch nicht umgebracht, mon Pierre?«

»Na, hör mal«, beschwerte sich Pierre. »Ich bin nicht dein Vater.«

»Wie kommst du denn jetzt plötzlich darauf?« fragte sie entgeistert.

»Du hast mich ›mon père‹ genannt. Also, soo alt bin... bin ich... oweh...«

Das Sprechen schien ihm wehzutun, und Charlotte schüttelte strengen Blickes den Kopf.

»Pierre Gataux, du wirst sofort mit dem Rotwein aufhören, mindestens bis morgen abend! Ich habe gesagt ›mon Pierre‹, nicht ›mon père‹!«

»Ach so«, brummelte er.

»Außerdem ist mon père schon seit fünf Jahren tot. Aber was ist nun mit…?«

»Tot?« fragte Pierre und glotzte sie an. »Ich? Seit fünf Jahren?«

»Ich habe gesagt, ›mon père‹, nicht ›mon Pierre‹!« kreischte die Hausherrin, der Verzweiflung nahe.

Gataux schüttelte energisch den Kopf, griff sich im nächsten Moment an denselben und mußte sich setzen.

»Nein, du hast es anders herum gesagt. Du hast selbst zugegeben, daß du es anders… anders… andersherum…«

»Bei dir ist heute Abend eine ganze Menge anders herum«, fuhr sie ihn an. »Besser, du legst dich ins Bett und schläfst deinen Rausch aus. Oder du nimmst eine Ernüchterungspille, jetzt auf der Stelle.«

»Seht!« rief da Klein-Gaston und zeigte auf die beiden Kröten. »Sie fangen an zu brennen!«

Das stimmte natürlich nicht ganz, denn sie hatten ja nur Zwiebel-Knoblauch-, und keine Chili-Gulaschsuppe gegessen. Aber im ersten Moment konnte man wirklich Angst um die Fremden haben.

Sie hockten noch immer in ihrer erstarrten Stellung da, doch jetzt begann in kleinen Wölkchen Rauch aus ihren Nasen und Ohrenöffnungen zu dringen. Auch aus den offenen Mäulern quollen bald rote, feurige Wolken. Aber sonst tat sich immer noch nichts. Die Kröten rauchten und feuerten vor sich hin, ohne die Schalen abzusetzen.

»Die Herren des Feurigen Nebels…«, sagte Gaston. Der Junge bewies in diesem Augenblick außerordentliche

Intelligenz, was Charlotte irgendwie peinlich zu sein schien, denn woher sollte er sie haben, wenn Pierre sein Vater war? »Alle glauben, daß sie aus einer Galaxis kommen, die sich so nennt. Aber seht doch, der feurige Nebel aus ihren Krötenmäulern. Vielleicht sind sie alle so etwas wie Magier, die feurigen Nebel produzieren können und deshalb so genannt werden?«

»Das hat etwas für sich«, meinte Philippe, der Knecht.

(Und *wir* müssen uns einfach jetzt fragen: STECKT HINTER DER GANZEN KRÖTENGESCHICHTE UND DEM FEURIGEN NEBEL AM ENDE DOCH DAFFYD KNOPPERFÖLD?)

Charlotte machte ein nachdenkliches Gesicht, immer noch ängstlich. Wenn sie nun zwei Leute der Besatzer mit ihrer Zwiebelsuppe umgebracht hatte – das konnte einen intergalaktischen Krieg bedeuten!

Das Ende der Menschheit!

Das Universum würde bittere Tränen weinen, und zwar um die Kröten, die bei so einem Krieg vermutlich ebenfalls draufgehen würden. Die Menschen – na ja, die ließen sich leicht ersetzen. Unkraut wächst bekanntlich überall.

»Seht!« sagte Gaston da wieder, und Charlottes kurzer Alptraum war schon zu Ende, bevor sie sich überlegen konnte, wo und wann und wie sie sich am besten den Sicherheitsbehörden stellen könnte, und was dann aus ihrer Familie würde.

Doch ein Ende als neue Jeanne D'Arc blieb ihr erspart, denn jetzt taten die Kröten folgendes (in dieser Reihenfolge und zugleich, als wäre es ein Ritual):

Sie hörten mit dem Qualmen auf.

Sie rülpsten ohrenbetäubend.

Sie rissen die Augen weit auf, starrten sich gegenseitig an (sie saßen sich ja gegenüber), rülpsten wieder und dann noch siebzehnmal, und dann warfen sie die Suppenschalen dahin, wo auch die Löffel gelandet waren, sprangen auf, quäkten und hüpften so wild durch den Raum, daß die Menschen schnellstens Deckung suchten, schrillten, brüllten, kreischten, trommelten sich auf die Brust, sprangen mit dem Kopf mindestens zehnmal gegen die Decke, daß diese Risse bekam, hakten sich an den Armbeugen unter, tanzten einen kleinen Tango, steppten wie der alte Fred Astaire, rülpsten noch einmal und trennten sich voneinander, watschelten wieder zu ihren Stühlen zurück, hockten sich darauf, drehten ihre Gesichter den aus ihren Verstecken kommenden Menschen zu, und Agra fragte, so als ob nichts passiert wäre:

»Das gut gewesen. Aaaaah..., das unglaublich matschig gut. Ihr habt Rezept? Wir geben *alles* dafür, was Erdlinge wollen. Aber geben! Wir bringen davon unseren Freunden! Das größtes Fressen von ganz Universum!«

»Das«, meinte auch Ombra, »das einfach – wie sagt man in hier Galaxis? – das supersaugeil! Ja, geben alles für Rezept!«

»Alles?« staunte Pierre Gataux, während sein Weib die Nase rümpfte (was sich aber bald ändern sollte), und konnte das Gefühl einfach nicht loswerden, daß statt der mittlerweile acht anfangs doch nur zwei Kröten hiergewesen waren. »Wirklich... alles?«

(Er dachte dabei natürlich nur an relativ unbedeutende Dinge, verglichen mit dem, was seine Frau gleich daraus machen würde, aber was will man nach dreieinhalb Litern Rotwein von einem Spätgallier denn auch schon anders erwarten? Pierres Wein war kein billiger Fusel, sondern noch billigere, selbstdestillierte Ware, aber auch kein Zaubertrank aus der Eichenmistel und anderem Kraut – und selbst der wirkt in erster Linie nur auf den Körper, nicht auf das, was Pierre ohnehin nicht besaß.)

»Ihr uns Rezept, wir euch alles«, bestätigte Ombra aufgeregt. »Rezept, Rezept, Rezept!« Er trommelte auf den Tisch, während seine Augen sich rollten, die Zunge das Gesicht nach eventuell doch irgendwo verspritzten Suppentröpfchen ableckte und es aus seiner Nase schon wieder verdächtig schnaufte. Man hätte dies auch schon als erstes Zeichen von Zwiebelsuppenabhängigkeit deuten können, auf alle Fälle als momentane Besessenheit, schlimmer als jeder Speed- oder Rotweinrausch. »Schnell, können nicht warten! Bohrstellenkoch sofort kochen Suppe für uns und ganzes Volk! Rezeptrezeptrezept!!!«

Charlotte begann plötzlich ganz scharf nachzudenken.

Sie wußte, daß alle Welt wissen wollte, was die Kröten hier auf der Erde suchten, angeblich auch auf zahlreichen anderen Imperiumswelten.

Sie kannte ihren und Pierres Schuldenstand und wußte, wie gut ihnen eine kleine Finanzspritze tun würde.

Charlotte war vielleicht die Intelligenteste in der Familie, was das Finanzielle anbetraf. Und davon abgesehen, hieß es ja seit Jahrhunderten nicht zu unrecht, daß die strohdümmsten Bauern die dicksten Kartoffeln hätten, oder die Schulfreunde mit dem schlechtesten Zeugnis den Klassenprimus später oft als Chauffeur beschäftigten – wenn sie selbst Fabrikdirektor, Bankier, Politiker oder Unterweltboß geworden waren.

Auf jeden Fall merkte sie, daß die Zwiebelsuppe, möglicherweise in Verbindung mit dem vorher genossenen Rotwein, die Kröten so wild gemacht hatte, daß alle Barrieren brachen und sie vielleicht bereit waren, sogar ihr großes Geheimnis zu offenbaren – gegen ein simples Zwiebelsuppenrezept, das man an jedem Computer-für-Hausfrauen-Terminal abrufen konnte.

»Rezept!« kreischte Agra. Die Augen quollen weit vor. Er hüpfte auf seinem Stuhl wie ein Schimpanse bei der Kinderbelustigung. »Geben Rezept, geben Rezept!«

»Geben Rezept, geben Rezept!« skandierte auch Ombra.

Pierre bekam das anscheinend alles nicht mehr ganz mit, aber Charlotte schon. Sie überlegte wieder, diesmal sehr kurz, und handelte einfach, ohne zu wissen, ob das nun wirklich richtig war oder ob sie eine Katastrophe heraufbeschwor.

Sie gab beiden Besuchern noch einmal eine ganze Schüssel voll Suppe, und als Agra und Ombra diese hinuntergestürzt hatten, nachdem sie versteinert waren, feurigen Rauch ausgeblasen hatten, ihre Sprünge und Tänze gemacht und sich wieder hingesetzt hatten, saß sie bei den beiden und war bereit zum Verhandeln. Pierre, die Knechte und die Kinder hatte sie in die Betten verfrachtet.

»So«, sagte sie. »Ihr wollt das Rezept?« Sie hielt einen Zettel vor sich. »Hier ist es.«

»Gib her!« quäkte Agra. Er streckte die Hände danach aus, aber Charlotte zog ihn ganz schnell zurück und schob ihn tief in ihren Blusenausschnitt.

»Ich nehme ja wohl nicht an, daß ihr Kerle einer wehrlosen Frau an die Wäsche geht«, sagte sie hoffnungsvoll. »Also, meine Freunde, ihr kriegt das Rezept – wenn ihr mir sagt, wonach ihr hier auf der Erde bohrt.«

Die Kröten bekamen noch größere Glubschaugen. Für einen Moment fürchtete Charlotte, daß sie entweder auf sie schielten oder im letzten Moment doch Skrupel bekommen könnten.

»Das hoher Preis«, sagte Agra schließlich.

»Preis ganz egal!« quäkte Ombra. »Nur Rezept wichtig! Rezept von matschigste Suppe von Welt!«

Charlotte verzog indigniert das Gesicht. Matschigste Suppe!

Aber die Terranerin aus Frankreich, die ardennische Bauersfrau aus dem 29. Jahrhundert, dieser Anachronismus blieb hart und pokerte wie weiland Steve McQueen als Cincinnati Kid.

»Rezept, Rezept, Rezept!« kreischten die beiden Kröten gemeinsam. Charlotte hatte das Gefühl, ihre Trommelfelle müßten platzen. Und auch das wäre eher eine Erlösung gewesen.

»Matschigsupp, Matschigsupp, Matschigsupp!« riefen die offenbar doch sehr berauschten Herren des Feurigen Nebels. »Geben Rezept, geben Rezept, geben Rezept!«

»Hier haben Rezept«, versuchte Charlotte, in einer Sprache mit ihnen zu reden. »Wenn sagen, wonach suchen bei uns hier auf Erde.«

Noch einmal, dies war wohl das letzte Aufbäumen gegen den Rest nichtversuppten Gewissens, sahen die beiden Besucher sich an.

Sie schwiegen ganze drei Minuten lang. Zwischendurch fuhren sie sich mit den langen Zungen ums Maul, zuckten, blubberten und stießen kleine Rauchwölkchen aus.

»Erde«, meinte dann Agra mit einem schielenden Blick auf den großen Topf, in dem er vielleicht noch einen winzigen Rest Zwiebelsuppe vermutete.

Charlotte seufzte und warf die Arme in die Höhe.

»Hört zu, ihr braucht mich bestimmt nicht zu wiederholen. Ich fragte, was ihr wollt und sucht, hier auf der Erde.«

»Erde«, echote nun Ombra. »Aber natürlich – Erde.«

Charlotte wurde jetzt – fast – wirklich böse.

»Hört zu, ihr beiden Komiker, ihr braucht mich nicht zu verarschen. Dieser unser Planet heißt Erde, das wißt ihr, und das weiß ich, und durch nachplappern wird das auch nicht anders. Ich habe euch doch deutlich genug gefragt, was ihr *hier sucht,* auf unserer Erde!«

»Hast du«, quäkte Ombra. »Erde!«

»Das reicht jetzt.«

Charlotte, die Herzensgute, war jetzt nicht nur fast, sondern wirklich böse. Und wie! Hatte sie dafür ihre gute

Suppe diesen platschigen Monstern gegeben? Mußte sie sich dafür beleidigen lassen?

Charlotte Gataux entschied: Drei Kreuze für ›Nein‹!

»Bien, Jungs, ich denke, das war's dann. Ihr könnt jetzt zu eurem Trupp zurückgehen, und das Rezept bleibt hier. Ich habe nicht die Absicht, mich noch länger...«

»Erde«, sagte Agra schnell. Fast klang es panisch. Sein ganzer Körper zitterte. »Erde! Erde-Erde-Erde!«

Was sollte das jetzt?

Charlotte kniff die Augen zusammen und musterte die beiden Kröten, die in augenscheinlicher Verzweiflung wieder anfingen, Rauchwolken auszustoßen, zu zucken, zu hüpfen, zu tanzen und einen weißblonden Sänger des letzten Jahrtausends zu imitieren – nur Gott allein mochte wissen, woher sie plötzlich die Sonnenbrillen hatten.

»Erde!« riefen sie beide. »Na, Erde eben! Erde!«

»Moment mal«, sagte Charlotte, setzte sich wieder hin und überlegte, wie noch nie in ihrem Leben.

Was meinten sie jetzt?

Erde oder Erde?

Die Erde oder *jene* Erde?

»Könnte man auch ›Matsch‹ dazu sagen, oder Humus oder Sand oder einfach nur Oberflächenbeschichtung äh... dieses Planeten?«

Sie nickten, das hatten sie schon gelernt. Und sie taten es so schnell, daß Charlotte beim Hinsehen so schwindlig wurde wie ihrem Pierre, bevor sie ihn, die Internationale singend, ins Bett geschafft hatte. (*Er* hatte die Internationale gelallt, nicht sie; da wollen wir ihr doch wirklich nicht unrecht tun.)

Ihre Zungen hingen von lauter anstrengendem Zucken schon ganz schlaff und lang heraus, als Agra fragte:

»Du jetzt kapiert, ja? Ihr Erdlinge schwierig. Aber jetzt noch Suppe und dann Rezept?«

»Ich koche euch einen ganzen Kessel voll«, versprach

Charlotte mit irgendwie glänzenden Augen. »Denn wenn das wahr ist, was ihr sagt…«

»Jajajajajajaja!« riefen Agra und Ombra im Chor.

Und plötzlich wurde die Tür aufgestoßen.

Der Bohrtruppführer Bombo und seine gesamte Crew standen hintereinander auf der Treppe und der Veranda, schwerbewaffnet, und richteten ihre Strahler auf die Frau.

»Keine Bewegung, Terranerin«, drohte Bombo. »Wir sind gekommen, unsere Kameraden zu befreien.«

»Dann kommt nur rein«, sagte Charlotte. »Mit der Suppe dauert es noch etwas, aber inzwischen könnt ihr mir bestätigen, ob das stimmt, was Agra und Ombra mir eben gesagt haben. Und natürlich will ich auch wissen, wie irgend jemand so dämlich sein kann, das Solare Imperium zu überfallen, nur wegen ein bißchen Erde.«

Bombo gab ein quäkendes Kreischen von sich, richtete seine Waffe auf seine Kundschafter, schrie etwas von ›Verrätern‹, wollte die beiden schon eliminieren, aber dann stieg ihm der Duft in die Nase.

Der Duft von Zwiebel-Knoblauch-usw.-Suppe, man kennt das ja.

»Ich meine«, sagte Bombo, »wir könnten ja mal darüber reden…«

(Ganz klar – das sieht viel zu einfach aus. In der Wirklichkeit würde das doch bestimmt nicht so abgehen, denn welcher Bohrtruppleiter der HdFN würde sich schon so leicht von Suppenduft korrumpieren lassen? – Das denkt doch jetzt jeder noch nur halbwegs realistisch eingestellte Mensch, das *muß* er ja denken.

Aber vielleicht könnte es *doch* so gewesen sein, so und nicht anders. Denn erstens kennt keiner von uns den Duft von Charlotte Gataux' Zwiebel-Knoblauchsuppe, zweitens kennt niemand die Kröten, weil sie hier zum erstenmal vorgestellt werden, und drittens muß es schon so gewesen sein, weil sonst das nächste Kapitel völlig aus der

Luft gegriffen und daher aus diesem Roman weggelassen worden wäre.

Das ist doch wohl dreimal logisch, oder nicht?)

Charlottes noch größere Stunde

Jetzt war er also gekommen, der zwanzigste Juni, und um genau neun Uhr dreiunddreißig wurde Charlotte Gataux vom Großadministrator des kaum mehr erwähnenswerten Solaren Imperiums, Perry Rhodan, mit Handkuß begrüßt und zu ihrem Platz am Konferenztisch geführt.

»Bitte sehr, Madame«, flötete Rhodan, während er einen Stuhl für sie in Position rückte. »Nehmen Sie Platz und berichten Sie. Stören Sie sich nicht daran, daß Sie es hier nur mit wichtigen – ich möchte fast sagen, *sehr* wichtigen und bedeutenden – Männern zu tun haben. Auch wir lassen nur mit Wasser kochen, hahahaha.«

»Bescheuert!« schrillte Gucky. »Einfach bescheuert.«

Perry wirbelte herum. Sein charmantes Lächeln verschwand und machte deutlicher Verärgerung Platz.

»Sonderoffizier Guck!« herrschte er den Mausbiber an. »Ich verbitte mir, von Ihnen kritisiert und beschimpft zu werden! Noch einmal, und es gibt drei Tage verschärften Karottenentzug!«

Der Ilt winkte ab, und Charlotte verstand die Welt nicht mehr. »Reg dich wieder ab, mein Gutester. Ich habe doch nicht dich gemeint, sondern den Autor, der dich so geschwollen reden läßt. Der geht mir sowieso längst auf den Geist. Ich glaube, bei dem... glb glb glb glb...«

»Glb glb glb?« fragte Atlan erstaunt. »Was für eine Sprache ist das?« Er sprang zurück, zog den Strahler und richtete ihn auf den Mutanten. »Er ist übernommen worden, wahrscheinlich vom Herrn der Herren oder von

Molekülverformern! Geht aus dem Weg, ich desintegriere ihn!«

»Unsinn«, sagte Reginald Bull. »Der Autor hat ihm mit diesem ›Glb glb‹ den Mund gestopft, weil er wußte, was Gucky über ihn verraten wollte.« Bully lachte grimmig. »Ich weiß es auch, nämlich daß er… glb glb glb glb…«

»Es scheint zu stimmen«, beruhigte sich der Arkonide, blieb aber mißtrauisch. Er verneigte sich vor Charlotte Gataux und sagte galant: »Pardonnez moi, Madame. Aber wir können in diesen schicksalhaften Tagen nicht vorsichtig genug sein.«

»Wenn er jetzt noch eine Perücke, einen Degen und ein Riechfläschchen hätte«, meinte John Marshall zu Perry Rhodan, »könnte man ihn für Ihren Sohn Mike halten, Sir, alias Roi Danton.«

»Der ist aber momentan gerade tot, jedenfalls denken wir das alle.« Der Großadministrator bedeutete den Aktivator- und anderen Würdenträgern, sich endlich zu setzen. Gucky und Bull versuchten inzwischen, wieder normale Laute hervorzubringen, aber es blieb vorerst bei dem peinlichen ›Glb glb glb‹.

Das fehlte noch, dachte Perry, *daß wir uns jetzt untereinander zu zerfleischen beginnen.*

Der Handel mit den HdFN hatte inzwischen gigantische Formen angenommen. Überall prallten Gleiter oder Passanten gegen die unsichtbaren Bäume, die sie an die Stadtgärtnereien und Obstbauplantagen geliefert hatten und die angeblich in ihrer Rinde einen Extrakt produzierten, der sämtliche Krankheiten heilte und bis zum Lebensende jung erhielt. Mit jedem Baum und jedem Strauch lieferten die HdFN eine Garantie, daß der Käufer mindestens zweihundert Jahre alt würde – nicht geltend für den Fall, daß er eines unnatürlichen Todes starb, wie etwa bei der Kollision mit einem unsichtbaren Riesenbaum.

Tako Kakuta hatte nicht übertrieben: Es gab diese Gewächse bis hin zu winzigen, unsichtbaren Vogelmierchen oder Gräsern. Diese allerdings bekam man nur mit einer Fünfzig-Jahre-Lebensgarantie.

Perry Rhodan fragte sich nicht nur, wo man im Versagensfall diese Garantie notfalls einklagen konnte, er machte sich auch seine Gedanken darüber, wie man die Bäume ›abernten‹ sollte, wenn man sie schon jetzt nicht sah. Die Obstbäume sollten, außer ihrer Rinde, auch Unmengen an exotischen, köstlichsten Früchten produzieren, die es nur im Feurigen Nebel gegeben hatte – und vielleicht in einigen von den Kröten okkupierten Galaxien.

Wahrscheinlich, so überlegte er, würden als nächstes Spezialbrillen von den Kröten angeboten werden, mit denen man ihre Gewächse erkennen konnte, die aber horrend teuer waren, weil jeder sie einfach brauchte. – Er jedenfalls hätte das an ihrer Stelle so gemacht.

Natürlich lieferten die Kröten noch viel mehr aus den riesigen Vorratshallen ihrer Schiffe. Die terranischen Geschäftsleute machten bei dem Wettrüsten tüchtig mit. Sie verkauften die Erde regelrecht aus. Die Kröten kauften und tauschten alles wie einst die amerikanischen Touristen im alten Europa. Zwar wurden anno 2877 kaum noch Schwarzwalduhren hergestellt, aber sicher konnte es nicht mehr lange dauern, bis ein cleverer Geschäftsmann auch auf diese Idee kam.

Was die übrige Galaxis betraf, brauchte man sich auch über nichts mehr zu wundern. Das angebliche Flottenmanöver des Solaren Imperiums dauerte nun schon fast sieben Wochen an und da kein Ende in Sicht war, reagierten die anderen großen Milchstraßenvölker in angemessener Form auf die ›terranische Provokation‹ – sie glaubten an eine Mobilmachung gegen sich und taten das einzig Wahre, um darauf zu antworten: Sie hielten auch Flottenmanöver ab und erklärten ihre jeweiligen Hoheitsgebiete für tabu.

Die Galaxis wurde von Tag zu Tag mehr zu einem Pulverfaß. Jeder mißtraute jedem, und vor allem mißtrauten alle anderen den Terranern wegen der angeblichen neuen Schiffe und Waffen.

Das alles und noch einiges mehr wußte Perry Rhodan von den wenigen Kontaktleuten, die ihm noch geblieben waren. Sollte der Überläufer Mercant doch glauben, seine SolAb sei der Nabel des Imperiums. Erstens hatte Rhodan sich nie allein auf sie verlassen, und zweitens gab es auch in der Abwehr mindestens 99 Prozent wackere, brave Männer und Frauen, die ihren Eid auf das Imperium und Perry Rhodan geschworen hatten, nicht auf Mercant.

Also war es auch nicht verwunderlich, daß am 18. Juni ein als unsichtbarer, wandelnder Baumstumpf getarnter Geheimdienstmann durch den Belüftungsschacht und über einige andere, unauffällige Abkürzungen zu Rhodan und seinem kleinen Häuflein von Aufrechten gelangt war, den Deflektor ausgeschaltet hatte und sich mit der Tagesparole »Wenn heute Freitag wäre…?« (Frage von Atlan) »…gingen wir morgen auf Schalke oder zum FC!« (richtige Antwort) identifiziert hatte.

Dieser Mann, 1,70 groß, zwei Augen (auf dem linken leicht kurzsichtig), buschige Brauen, stark hervortretendes Kinn, Boxernase, Apachenhaarschnitt, etwas verdächtig roter Teint, Hasenscharte und Ring im linken Ohrläppchen, geboren am 16. März 2801, bekennender Atheist, 3-D-Billardspieler aus Passion, sein Name tut nichts zur Sache und unterliegt außerdem der Geheimhaltung, brachte jene Nachricht, die mit einem Schlag wieder neue Hoffnung bei den Verzweifelten keimen ließ.

Über genau dreihundertsiebenundneunzig Kanäle, Kontaktstellen, Tote Briefkästen, Amselnester und Sickergruben war die Nachricht zu ihm gelangt. Den Anfang genommen hatte ihr Weg in einem kleinen Dorf am Rand der Ardennen, wohin Charlotte Gataux noch in der Nacht nach dem Besuch der Kröten geeilt war, der schließlich zu einer Orgie ausgeartet war. Die Herren des Feurigen Nebels vertrugen wirklich keine Zwiebel-Knoblauchsuppe, alles was recht ist.

In diesem Dorf wußte sie einen SolAb-Agenten, der Perry Rhodan treu ergeben war – und ihr übrigens auch. Es war Gérard, der Vater von Gaston.

Gérard liebte und verehrte sie noch immer, hatte es aber vor drei Jahren endgültig aufgegeben, um ihre Gunst zu kämpfen, nachdem auch der zehnte Versuch, Pierre Gataux einen tödlichen Unfall zu bescheren, kläglich gescheitert war. Pierre schien einen besonders guten Schutzengel zu haben. Gérard sah das ein, heiratete und schenkte seiner Frau Madeleine sieben Kinder (die ersten vier schon vor der Ehe). Sie ähnelten leider alle sehr dem kleinen Gaston.

In dieser Nacht also hatte Charlotte den guten Gérard noch einmal für vieles Entgangene entschädigt und ihm das anvertraut, was ihr die Kröten verraten hatten. Und Gérard, immer Gewehr bei Fuß, hatte die Nachricht sofort auf den Weg gebracht, die nun in absoluter Rekordzeit den Großadministrator erreicht hatte. Perry Rhodan hatte daraufhin gleich einen als Gleiter getarnten Agenten losgeschickt, um Charlotte Gataux zu sich zu holen. Auch wenn Atlan und einige andere skeptisch waren – er hatte sofort gespürt, daß ihnen die Hohen Mächte des Universums hier endlich den Schlüssel zur Niederschlagung der Krötenherrschaft in die Hände gegeben hatten.

(Dieses lange Vorspiel mußte einfach sein, um einerseits die Spannung zu schüren – was hat Charlotte noch alles erfahren? Meint sie es gut mit Rhodan, oder treibt sie ein falsches Spiel, mit den Kröten zusammen, vielleicht? Und weshalb hat sie gerade Tako Kakuta zugezwinkert? – und zweitens, weil diese Hintergrundinformationen vielleicht auch den einen oder anderen Leser interessieren.

Ach ja, und ab sofort sprechen Gucky und Bully wieder normal, was soll dieses kindische ›Glb glb glb‹ denn!?)

»Wenn Sie soweit sind, Madame«, sagte Perry, »dann beginnen Sie, bitte.«

Charlotte nickte. Noch wirkte sie etwas schüchtern, vielleicht hatte sie sich diese berühmten Männer alle etwas anders vorgestellt, aber bald taute sie vollends auf.

Sie erzählte, wie sie die Zwiebelsuppe gekocht hatte, wie Agra und Ombra aufgetaucht, untergetaucht (nämlich in der Jauchegrube), wieder auf- und wieder untergetaucht (nämlich im Duft der Suppe) waren und wie sie ihnen entlockt hatte, daß sie nur deshalb in die Galaxis gekommen waren, um nach Erde zu suchen. Die Frachträume ihrer Schiffe waren so riesig und die Schiffe so viele, weil sie gierig nach Erde waren und soviel davon mit nach Hause nehmen wollten, wie sie nur laden konnten.

»Das ist irre«, sagte Bully, als sie eine Pause machte. Er raufte sich die Haare und lachte albern. »Sie suchen nach Erde! Sie wollen einfach nur Erde! Wer kneift mich freiwillig? Warum laden sie ihre Schiffe dann nicht damit voll? Statt dessen stehen sie darauf und... und bohren!«

»Das wissen sie aber nicht«, klärte Charlotte ihn auf.

Bulls Unterkiefer klappte nach unten. Er starrte die Frau von den Ardennen an, nicht gerade intelligent.

»Das... wissen sie nicht? Sie meinen, die Kröten wissen nicht, daß sie nach Erde bohren und dabei genau auf derselben stehen?«

»Nein«, erwiderte Charlotte. »Ich meine, ja. Sie wissen es wirklich nicht. Sie wissen nicht, was Erde ist – wie sie aussieht, wie sie riecht, daß man davon schwarze Fingernägel bekommt. Sie-wissen-es-nicht.«

»Uff!« machte Bull.

»Ich verstehe das aber auch nicht«, gab Atlan zu. »Wie, bei Arkons Göttern, soll das zusammenpassen?

Das ist doch Schwachsinn! Wenn sie nicht wissen, was Erde ist, warum sind sie dann hier, um sie zu stehlen?«

»Hmmm, hmmm«, machte Perry Rhodan. »Ich denke, wir sollten Madame Gataux weiter anhören.«

»Danke«, sagte Charlotte.

Sie räusperte sich und gab nun das wieder, was sie von Bombo, dem Truppführer, in jener Nacht erfahren hatte, nachdem Bombo ganze vier Schüsseln Zwiebelsuppe in sich hineingestürzt hatte.

»Sie wissen nicht, wie Erde aussieht, riecht und schmeckt«, wiederholte sie sich. »Sie wissen nicht, wie sie sich anfühlt. Aber sie halten sie für den größten Schatz im ganzen Universum.«

»Äh«, kam es von Marshall. »Für den größten Schatz... des Universums?«

»Deshalb kamen sie her?« fragte Atlan ungläubig. »Wegen... Dreck?«

»Sie werden es gleich besser verstehen«, tröstete ihn Charlotte. Sie lehnte sich zurück, inzwischen ganz cool, schlug die Beine übereinander und schien für einen Moment die gespannte Erwartung und die Blicke zu genießen, welche die mächtigsten Männer des Imperiums auf sie richteten.

Nur Gucky kicherte plötzlich, dann teleportierte er auf ihren Schoß.

»Ich war so frei, ein bißchen in deinen Gedanken zu lesen, Lottichen. Der da«, er zeigte auf Rhodan, »hatte es mir nahegelegt. Aber keine Angst. Ich verrate nichts von dem, was du... ich meine, was nichts mit unserem Thema zu tun hat.« Er zeigte seinen Nagezahn und boxte ihr vertraulich in die Seite. »Du bist ja ein ganz scharfer Feger, Lottilein. Aber wie gesagt, ich verrate nichts – wenn du mich im Nacken kraulst. Sagen wir, drei Stunden lang?«

Charlotte, der der Schreck ins Gesicht geschrieben war, erklärte sich schnell einverstanden.

»Was sie jetzt sagen wird, ist wahr«, verkündete Gucky im Gegenzug. »Ich verbürge mich dafür, auch wenn es total beknackt ist.«

»Bitte«, forderte Perry Rhodan die Dame wieder einmal auf. Charlotte räusperte sich und begann eine Geschichte zu erzählen, die so verrückt war, wie nur das Leben sie schreiben kann.

Eigentlich brauchen wir dafür ein eigenes kleines Kapitel, denn so etwas liest man nun wirklich nicht alle Tage:

Das Wrack im Feurigen Nebel
(Einige Jahre vorher)

Korax war nichts weiter als ein einfacher Explorer-Kommandant, aber er sollte in die Geschichte eingehen, denn er entdeckte bei einem Betriebsausflugsflug nach QUOOM-1324 das fremde Raumschiff.

(QUOOM heißen alle Planeten im Feurigen Nebel, jedenfalls in der Sprache der Kröten. Eine angehängte Unterscheidungszahl gibt an, welcher Planet nun wirklich gemeint ist. Und daß es auch bei den HdFN Explorer-Kommandanten gibt, ist doch kein Wunder, oder? Schließlich gibt es dort auch Kreuzer-, Schlachtschiff-, Zerstörer- und MT-Boot-Kommandanten. Nur sind ihre Schiffe, auch die Matsch-Tauchboote, eben korkenzieherförmig und schrauben sich auf die schon beschriebene Art und Weise durchs All, beziehungsweise durch den Schlamm.)

Es war bei der dritten von sieben geplanten Hyperraum-Ausschraubungen, eigentlich nur Routine zwecks Neuorientierung, weil sich im Feurigen Nebel die Verhältnisse leicht und schnell änderten. Niemals konnte man wissen, welcher Stern gerade zur Nova geworden war und seine Planeten verbrannt hatte und an welcher Stelle aus der Ewigen Glut neue Sonnen und Planeten entstanden. Astronomisch gesehen, ging im FN eben alles viel schneller als etwa in der Milchstraße, obwohl der FN zum gleichen Universum gehörte, nur 375 Millionen Lichtjahre von der Erde entfernt, und nicht etwa zu einem anderen Universum mit anderem Zeitablauf.

»Dort!« rief Blubb, der Ortungsoffizier. »Unbekanntes Objekt voraus! Ein URO, kein Schiff aus unserem Nebel, und keine meßbaren Energieemissionen.«

(URO bedeutete ›Unbekanntes raumfahrendes Objekt‹, und die Kröten, die sich mit solchen Dingen beschäftigten, hießen dementsprechend auch UROlogen.)

»Goahk?« fragte der Kommandant daher den Bord-UROlogen. »Hast du schon eine Theorie?«

»Kugelform«, stellte der Angesprochene fest. »Zweihundert Meter Durchmesser, Ringwulst. Ich würde sagen, so ein URO kommt aus einer fremden Galaxis, die mindestens 350 Millionen Lichtjahre entfernt ist und nicht mehr als hunderttausend Lichtjahre Durchmesser hat.«

Damit kam er der Wahrheit schon ziemlich nahe.

»Enterkommandos!« dröhnte Kommandant Korax ins Mikrofon der Bordquäkanlage. »Bereit machen zum Aufbringen des fremden Schiffes!«

Drei Stunden später waren sie an Bord des Kugelraumers. Sie hatten sich den Weg von ihren UPMVS-Robotern freistrahlen lassen und schwappten in ihren schweren Raumanzügen durch die luftleeren Korridore. Hier herrschte überall Vakuum. Ganz klar: In diesem URO konnte niemand mehr leben.

Dies bestätigte sich, als die zwanzig HdFN vom Enterkommando und Korax die Zentrale betraten. Überall sahen sie nur Leichen von dürren, langen Wesen mit zwei Armen und Beinen. Die meisten waren durch die Weltraumkälte konserviert, andere waren infolge Überdrucks einfach geplatzt, wieder andere steckten in Raumanzügen und machten einen noch ziemlich frischen Eindruck.

»Häßlich«, stellte Kommandant Korax fest. »Diese Wesen sind abgrundtief häßlich. Garantiert kommen sie aus einer Spiegelgalaxis und sind geflohen, weil sie ihren eigenen Anblick nicht mehr ertragen konnten.«

Was tatsächlich mit dem URO geschehen war, darüber gab kurz darauf der Bordschreiber Auskunft.

Die JOHANN WOLFGANG VON GOETHE war, als sie mit zweihundert ausgesuchten Passagieren an Bord zu einer Bildungsreise quer durch die Milchstraße gestartet war, in einen Hypersturm geraten und über exakt 375 331 086,86 Lichtjahre hinweg in den Feurigen Nebel verschlagen worden.

Drei Viertel aller Passagiere waren schon während der ersten Stunde in dieser entlegenen Region des Universums gestorben, die anderen konnten den Tod durch das Tragen von Raumanzügen noch um Stunden, Tage oder gar Wochen hinauszögern.

Am längsten hatte – natürlich – der Kommandant gelebt, Freiherr von und zu Rüttgenstein-Nesselburg und einer der größten Goethekenner in der jüngeren terranischen Kulturgeschichte überhaupt.

Aber zu seinem ganz großen Pech, oder vielmehr dem der Menschheit, hatte Freiherr Gottlieb von und zu Rüttgenstein-Nesselburg in seiner knappen Freizeit selbst Gedichte verfaßt. Und eines davon hatte das krötische Enterkommando in jenem Notizblock gefunden und entziffert, den er noch im Tod in den Händen gehabt hatte, gehütet wie einen unbezahlbaren Schatz.

Dieses Gedicht trug den bedeutungsschwangeren Namen: ›Die Erde‹.

Und es lautete wie folgt:

›Oh Erde, Vater mir und Mutter mein
Oh Erde, funkelnder als jeder Wein
Oh Erde, Stoff, aus dem die Träume sind
Oh Erde, ob ich dich je wiederfind'?
(Absatz)
Oh Erde, einzig unter Gottes Stern
Oh Erde, hab' dich so unendlich gern
Oh Erde, kostbarer als Edelstein
Oh Erde, dich nur lieb' ich ganz allein
(Absatz)
Oh Erde, du mein allerhöchstes Gut
Oh Erde, entfachst der Leidenschaften Glut
Oh Erde, einzig bist' im ganzen All
Oh Erde, hab' ich eigentlich 'nen Knall?
(Absatz)
Oh Erde, kostbares Gut
Oh Erde, gehst mir nicht aus dem Blut
Oh Erde, für dich lebe und sterbe ich
Oh Erde, unbezahlbares Gemisch
(Absatz, und jetzt eine leichte Variation im Versmaß:)
Erde-bist-so-einzigartig
Unbezahlbar, ja
Äh…
Eine Handvoll von dir, Erde, gegen das ganze Universum!
Dabei käme das Universum noch verdammt gut weg.
Und das bin ich jetzt auch.‹

Das beeindruckte schon Korax tief. Er ahnte, daß er auf etwas gestoßen war, das ihm Reichtum, Ehre und viele Krötenweiber bringen würde.

Es beeindruckte aber noch viel mehr die UROlogen und die Schriftgelehrten der Herren des Feurigen Nebels, die Deuter und die Interpretatoren. M. Quranicki der Reiche, Erster Interpretator für Schriften im Nebel, deutete das

Gedicht so, daß es in jener durch den Bordschreiber des UROS einwandfrei ermittelten, fernen Galaxis einen Stoff gebe, ein Element namens Erde, das im gesamten übrigen Universum nicht vorkam und schon deshalb allein für sich in Anspruch nehmen könne, der Schatz aller Schätze zu sein – am Ende DER GRAL, nach dem die Herren des Feurigen Nebels seit dem Tag suchten, an dem die Kosmokraten dieses Märchen überall im Universum bei Intelligenzen ab der Stufe VII der Entwicklungsskala ausgestreut hatten, und auf das schon der Legendenkönig Ludwig der Zweite von Bayern hereingefallen war.

(Pardon: natürlich war König Artus gemeint.)

Der Erste Interpretator bemängelte lediglich einige sprachliche Schwächen, vor allem am Ende des Gedichts, womit er wahrscheinlich sogar recht hatte. Es ist ja auch etwas geschmacklos, immer noch weiter à la Goethe drauflos zu dichten, wenn man schon merkt, daß man jeden Moment den Löffel abgeben muß.

Tja, und so war im Feurigen Nebel der Glaube gekeimt, in jener 375 Millionen Lichtjahre entfernten Galaxis namens Milchstraße gebe es ein unerhört kostbares Gut, das Erde hieß. Die Herren des Feurigen Nebels, das muß zur Erklärung gesagt werden, waren unglaublich besitzgierige Wesen, vor allem ihre Regierung, die nur aus einem Herrn bestand, nämlich dem der Herren, in der Abkürzung niemals rückwärts gesprochen.

Sie hatten alles erobert, was es in ihrer Galaxis und den rund fünfzig Nachbargalaxien zu erobern gab.

Sie waren reich, aber nie reich genug, das unterschied sie fundamental von den Menschen der Erde.

Und eines Tages, nachdem er vor lauter (Neu-)Gier keinen Schlaf mehr fand, befahl der Herr der Herren jenen Raubzug in die Milchstraße, von dem wir jetzt die ganze Zeit lesen.

Im Logbuch der JOHANN WOLFGANG VON GOE-

THE hatte als Heimathafen gestanden: Terrania, Erde; gefolgt von den kosmischen Koordinaten.

Das muß man so sehen: Gottlieb von und zu fühlte sich durchaus als moderner Terraner. Sein Körper war in der Gegenwart, aber sein Geist weilte eben zu oft in der Vergangenheit, der großen Epoche der Dichter, Denker und Querdenker. Und aus dieser Verbundenheit heraus hatte er ›Erde‹ in sein Bordbuch diktiert, und nicht, wie üblich, ›Terra‹.

Was also hätte für den Herrn der Herren näherliegen können, als dieses geheimnisvolle, universumssprengende Element Erde auf jener Welt zu suchen, die ihre Bewohner offenbar nach diesem größten Schatz benannt hatten – der Erde?

Nichts, oder?

Na, also! Und deshalb hatte der HdH seine Flotten mobilisiert, die Korkenzieherspitzen neu schleifen und die Schraubantriebe auf Vorderkröt bringen lassen.

Und deshalb waren sie jetzt hier, mit ihren unsichtbaren Gewächsen, mit allem möglichen anderen Tauschkram, der nur dazu da war, die Laderäume der Raumer zu füllen, bis diese mit dem kostbarsten Gut des Alls gefüllt werden konnten, von dem Freiherr von und zu Rüttgenstein-Nesselburg so herz- und krötenergreifend geschrieben hatte.

(Um das erst einmal zu verdauen, legen wir jetzt vier Leerzeilen ein, und wer dann immer noch nicht geheilt ist, der mag weiterlesen, obwohl es sich eigentlich gar nicht lohnt. Denn keine Versicherung der Welt kommt für einen Gehirnschaden auf, der infolge eines solchen Werks wie diesem hier entstanden ist.)

7.

Er glaubt es einfach nicht!
(21.–22. Juni 2877)

Der gute Wille

Perry Rhodan hatte gebannt zugehört. Immer weiter waren seine Augen geworden, immer größer seine Ohren. Was er da vernahm, raubte ihm den Atem. Es war grandios, es war fantastisch. Es war – der Schlüssel!

Als Charlotte Gataux dann schwieg, schwiegen auch die anderen im Raum, etwa für eine Minute.

»In Ordnung«, sagte Rhodan. »Die Gedenkminute für die Besatzung der JOHANN WOLFGANG VON GOETHE ist vorüber.« Er nickte Charlotte bedeutungsvoll zu. »Ihnen, Madame, sei vorerst gedankt für Ihren selbstlosen Einsatz zum Wohle der Menschheit und des Imperiums. Sie haben die Chance ergriffen, als diese sich bot, und keine Mühen gescheut, mich über diese sensationelle Entwicklung zu unterrichten. Betrachten Sie sich als unseren Gast. Bleiben sie bei uns, solange Sie wollen, und erleben Sie mit, wie ich die Erde zum siebenundzwanzigstenmal aus den Klauen außerirdischer Invasoren befreien werde – dank Ihrer Hilfe, mon chère Charlotte.«

»Ich sag's ja«, lästerte Gucky. »Wie der Sohnemann, so der Vater. Jetzt nur noch eine Kanne wohlig duftenden Kaffees, zubereitet und serviert von einem jener langmähnigen und langbeinigen Mädchen dort, und man könnte glauben, hier schreibt Hannes, der Kneifer.« Er kicherte schadenfreudig. »Und unser Herr Administrator hätte nichts mehr zu melden, weil alles von den Helden Cascal, Bontainer und Tolk erledigt würde. Vor allem von Cascal, diesem Ersatz-Großadministrator, der eigentlich so furchtbar…«

»Schweige Er!« sagte Perry. »Bringe Er mir lieber Mantel und Degen, ein Vertragsformular und eine beglaubigte Abschrift dieses Gedichts.«

»Was hast du denn vor, Perry?« erkundigte sich Reginald Bull.

Atlan wußte es.

»Er wird sich in Schale werfen und schnurstracks zum Herrn der Herren marschieren, um ihn davon zu überzeugen, daß die ganze Erde Erde ist, jedenfalls an der Oberfläche.«

Rhodan nickte siegesgewiß.

»Genau, und es hat sich wieder einmal gezeigt, daß Taktik F in solchen Fällen genau die richtige ist. Wir haben die Kröten in Ruhe machen lassen und sie so lange beobachtet, bis von Madame Gataux der entscheidende Hinweis kam. Der Rest wird ein Kinderspiel sein. Die Herren des Feurigen Nebels können von mir aus auf der gesamten Fläche des ehemaligen Italien die Erde abtragen, gerne einen Meter dick, bis auf den Lehm. Nur was sie dabei an vergrabenen Wertgegenständen finden, etwa aus der Römerzeit, gehört uns. Auf die Weise bekommen wir endlich wieder Nachschub für unsere Museen.«

»Bravo!« lobte Bully. »So denkt nur ein wirklicher Staatsmann, Perry – und nur ein Sofortumschalter.«

»Das klingt mir alles zu einfach«, wandte dagegen Atlan ein. »Man soll den Tag nicht vor dem Abend loben.«

»Das ist ein terranisches Sprichwort, kein arkonidisches«, wurde er von Perry Rhodan belehrt. »Dein Einwand ist daher nichtig und wird aus dem Protokoll dieser Besprechung gestrichen.«

»Protokoll?« fragte Marshall überrascht. »Wer führt Protokoll?«

»Na, dieser... dieser ›Glb glb glb‹«, erwiderte Gucky. »Du weißt schon...«

Eine halbe Stunde später war Perry Rhodan auf dem Weg zum König der Kröten. Ununterbrochen gratulierte er sich selbst dazu, mit Taktik F den richtigen Weg gegangen zu sein, und achtete daher nicht auf den vor ihm liegenden. So kam es, daß er, zwanzig Schritte nach Verlassen der Administration, gegen den ersten unsichtbaren Baum knallte, und zwar ziemlich hart.

Er ärgerte sich darüber zwar schwarz, beherrschte sich aber und sagte nichts. Erst beim zweiten Zusammenprall mit einem dieser neuartigen Gewächse schrie er laut auf und tobte los:

»Au! Zum Teufel mit diesem ganzen unsichtbaren Mist! Noch einmal, und ich hole mir meinen Desintegrator oder eine Axt und lege die ganzen elenden Dinger um!«

»Das war die richtige Tagesparole«, sagte eine der Krötenwachen vor dem Eingang des Palasts, wo der Baum stand. »Du darfst passieren.«

Rhodan beachtete die Posten gar nicht, sondern schritt stur geradeaus, die gleichen Gänge, Schächte, Treppen und Rampen wie schon einmal. Aber er wunderte sich schon darüber, daß die HdFN heute eine Parole in terranischer Sprache ausgegeben hatten. Sonst war die Tagesparole immer das erste, was ihn morgens interessierte. Heute war er dazu viel zu aufgeregt gewesen.

Aber wie lautete die Parole, die die beiden Wachen vor dem Tor zum Regierungssaal von ihm erwarteten?

Perry Rhodan war an diesem Tag nicht nur wütend (wegen der Bäume und seinen anschwellenden Beulen), sondern auch zuversichtlich wie lange nicht mehr. So fragte er auf die Forderung nach der Parole dreist:

»Die will ich *von euch* wissen! Der Herr der Herren glaubt nämlich, daß ihr sie vergessen habt!«

»Nein«, sagte einer der schwerbewaffneten Posten.

»Nein?« fragte Rhodan angriffslustig.

»Das ist richtig«, bekundete der zweite Wachmann. »Du darfst passieren, Erdling.«

»*Nein*!«

Denen fällt auch nichts mehr ein, dachte Perry, als er den wuchtigen Kuppelsaal mit der Tropfdecke und den Teppichen betrat, von denen man vor lauter Schlamm schon lange nichts mehr sah.

»HallOooo«, sagte der HdH. »Komm her, Perry, wir haben uns lange nicht mehr gesehen. Weißt du, ich kann das bald nicht mehr ertragen, daß du dich mit deinen letzten Getreuen da drüben in deiner Administration verkriechst, während wir hier fröhlich und ausgelassen sind.« Er drehte sich zu den Männern um, die mit einigen UPMVS-Robots hinter seinem Thron standen. »Stimmt doch, Jungs? Jeden Abend, wenn drüben die Lichter ausgehen, sind wir traurig, daß Perry und seine Spezis nicht zu uns gekommen sind, um mit uns glücklich zu sein und zu feiern.«

Homer G. Adams, Allen D. Mercant, Julian Tifflor und die anderen Verräter bestätigten das lautstark, bis der HdH ihnen mit erhobener Patschhand Ruhe gebot.

Perry fühlte sich von ihnen angewidert; auch von den vier Mutanten, die inzwischen ebenfalls übergelaufen waren.

Er ignorierte sie alle und wandte sich direkt und ausschließlich an den Herrn der Herren.

»So«, sagte er, »ihr feiert. Was habt ihr denn zu feiern? Habt ihr endlich gefunden, wonach ihr sucht?«

»Öh, nöö«, sagte der Krötenkönig. »Aber man kann doch trotzdem feiern, oder? Feiern ist nie verkehrt, denn das Leben ist kurz. – Oh, entschuldige, du hast ja deinen Zellaktivator. Wieviel willst du dafür haben? Ich meine, dein Leben wird noch schwer werden. Du wirst nicht mehr gewählt, von wem auch?, und als Bettelgreis durch die schmutzigen Gassen der Städte wandern. Du wirst dir eine Positronenorgel kaufen und einen Hut, den du aufhalten kannst, damit die Passanten dir einige Soli hineinschmeißen. Du wirst…«

»Zermürbungstaktik C«, stellte der Großadministrator fest. »Richtig?«

»Öhh, ja«, gab der HdH zu. »Heißt die bei euch auch so?«

Rhodan ließ sich nicht mehr auf diesen Schwachsinn ein und fragte, nachdem er eine bedeutungsvolle Miene aufgesetzt und seine Stimme geschärft hatte:

»Ihr habt also noch keine Erde gefunden – gehe ich da recht in der Annahme?«

»*ERDE!!!*«

Der Herr der Herren sprang aus seinem Sessel bis knapp unter die Decke, sank an einem Fallschirm wieder herab und begann am ganzen Leib zu beben. Plötzlich war es vorbei mit seiner Ruhe. Er stieß kleine Rauchwolken aus, aber ohne Zwiebelsuppe gegessen zu haben, gab Krächzlaute von sich, blähte sich zehnmal auf, ließ seine Augen ebenfalls zehn Orbits um den Kopf fliegen und war danach endlich wieder in der Lage, Perry Rhodan in die eisgrauen Menschenaugen zu blicken.

»Woher weißt du das?« japste er. »Beim feurigsten aller Nebellöcher – wie heißt der Verräter? Wo hast du ihn versteckt? Gib ihn heraus, oder ich schlürfe nie wieder Momm-Momm mit dir!«

»Das wäre allerdings ein Grund, ihn bis zu seinem Lebensende zu verbergen.« Rhodan sah seine ehemaligen Getreuen an und fragte sich angesichts ihrer überraschten Gesichter, ob sie vom Geheimnis der Kröten gewußt hatten oder nicht. »Aber das interessiert jetzt alles nicht. Herr der Herren, ich habe hier einen Vertrag! Ich garantiere dir soviel Erde, echte Erde, daß ihr alle eure Schiffsladeräume damit füllen und zufrieden die Heimkehr antreten könnt. Erde gegen Abflug, das ist mein Angebot. Ich frage mich nur, warum ihr uns nicht gleich gesagt habt, was ihr bei uns sucht. Dann hätten wir einen einfachen Handel gemacht und keine angeblichen Flottenmanöver, keine unsichtbaren Gewächse und...«, er blickte wieder die Überläufer an, »...keine elenden Verräter!«

»Äh, Schwiegerdaddy«, wurde Waringer als erster weich, »wir sind, ich meine, ich bin doch nur im Interesse der Menschheit übergewechselt, wegen der überragenden Technik...«

»Still, Sie Konterrevolutionär!« zischte Adams ihm zu.

Jetzt kam wieder der Herr der Herren zu Wort, den nichts mehr in seinem Thronsessel hielt. Er hüpfte schwerfällig durch den Saal, lachte manchmal wie irr, blieb stehen und drehte sich mit einem Ruck zu Perry Rhodan zurück.

»Warum wir nichts gesagt haben? Ha! Es geht um den größten Schatz des Universums, DEN GRAL! Und du willst mir weismachen, ihn uns freiwillig überlassen zu wollen? Das kannst du deinem Großschwager erzählen, aber doch nicht mir!«

»Ich habe keinen Großschwager«, wandte der Großadministrator ein, nicht ganz zu unrecht.

»Dann erzähle es jemand anderem, aber nicht mir. Du machst dich ja schon dadurch lächerlich, daß du sagst, wir könnten alle unsere Laderäume mit dieser Erde füllen. Dem kostbarsten Gut des Universums! Es muß so selten sein, daß wir schon glücklich nach Hause fliegen würden, wenn wir in jedem Schiff nur zehn Gramm davon hätten. Na gut, sagen wir, hundert Kilo.«

Diesmal schaltete Perry Rhodan einmal nicht schnell genug um, obwohl Adams ihm ein verstecktes Zeichen gab. Aber selbst wenn er es gesehen hätte, hätte es nichts genützt; einem Verräter traute er nicht.

»Ihr seht den Wald vor lauter Bäume nicht«, sagte er

leidenschaftlich. »Mensch, Herr der Herren, die ganze Erde ist voller Erde! Es ist die Oberflächenschicht – das braune Zeug, in dem alles wächst! Humus, Krume, Scholle, meinetwegen auch Lehm. Alles was die Festlandmassen dieses Planeten bedeckt, nennen wir Erde!«

Der HdH starrte ihn an, seine vier Augen wanderten munter um den Kopf, bis sie sich plötzlich vorn auf der Stirn zusammenzogen und ein enges Karo bildeten, fast verschmolzen sie zu einem einzigen Punkt.

Achtung! hätte Perry Rhodans Extrasinn gewarnt, wenn er einen gehabt hätte. *Ein psionischer Angriff des Krötenmutanten steht bevor!*

Aber da der Terraner nicht Atlan war, blieb er ungewarnt und sah sich plötzlich von Projektionen umringt, die der HdH mit seinem PFUI erzeugte.

»Hey, Rhodan!« Das war Blendy Blender. Der Pressesprecher der Kröten stand fünf Meter links von ihm – zu weit weg, um ihm einfach eine zu scheuern. Seine Zähne blitzten aber zu einladend. »Du glaubst doch selbst nicht, mit diesem Märchen weit zu kommen. Jeder Wirtschaftsstudent im ersten Semester kann dir sagen, daß das kostbarste Gut auch immer das seltenste ist. Also was soll das mit der Erde, die hier Milliardenkubikmeterweise herumliegen soll?«

»Du...!« entfuhr es Perry Rhodan, aber dann verbiß er sich eine Antwort. Blender war dumm, ausgesprochen dumm, das war sogar attestiert. Aber er lebte seit seiner unvermeidlichen Geburt auf der Erde und *wußte*, was Erde war.

Was also ging hier vor? Warum redete er soviel dummes Zeug? Rhodan fuhr herum, als sich hinter ihm jemand räusperte. Er sah nicht, wie die vier Augen des HdH tatsächlich zu einem verschmolzen und sich in violette Schleier hüllten; wie der HdH immer stärker zu zittern begann, wie ihm... nein, das schreiben wir nicht.

Auf jeden Fall, das dürfen wir ruhig verraten, wichen die Überläufer samt und sonders von ihm zurück. Selbst einige UPMVS zogen den Rückzug an.

Perry Rhodan aber drehte sich um und sah Thora, seine erste, seit mehr als achthundert Jahren tote Frau, vor sich.

Jetzt stand sie wie lebendig vor ihm, dreidimensional und den gleichen Parfumgeruch verbreitend, den er immer geliebt hatte. Sie hauchte:

»Perry, warum mußt du solche Lügen erzählen? Hast du das wirklich nötig?«

Blendy Blender applaudierte, und der Kopf des HdH begann allmählich zu rauchen.

»Perry Rhodan!«

Die Stimme kam jetzt von rechts, und zu wem gehörte sie? Natürlich Mirona Thetin, Faktor Eins der Meister der Insel und ebenfalls längst eine Leiche.

Doch Mirona war schön wie immer, sie stach Thora um Längen aus. Sie schmiegte sich an ihn und flüsterte:

»Wenn du schon weißt, daß sie so scharf auf Erde sind, dann sag ihnen doch endlich die Wahrheit. Und bei Gelegenheit besuche den Großen Voodoozauberer Hage Ebers, der hat einen Hausgott und weiß, wie man Tote wieder zum Leben erweckt – wenn du weißt, was ich damit meine, mein Schatz.«

»Ich Tarzan, du Perry?«

Und wieder wirbelte Rhodan herum, bald wurde ihm schwindlig davon. Vor ihm, gleich neben Thora, stand jetzt der legendäre Dschungelheld, dessen Abenteuer er unter der Schulbank gelesen hatte, und richtete den Zeigefinger auf seine Brust.

»Du jetzt sagen Wahrheit, oder du sterben. Du verstanden? Wir werden gleich sehen. Tarzan jetzt erst Reklame machen für McRonald, aber kommen wieder.«

Vom Thronsessel her kam ein unterdrücktes Stöhnen. Entsetzt wichen alle noch weiter zurück, denn der Krötenkönig qualmte jetzt schon so sehr, daß es nur noch eine Frage der Zeit sein konnte, bis er in Flammen aufging.

»Hallöli, Perry«, flötete eine weibliche Stimme, die er noch gar nicht kannte. Er drehte sich und sah zwischen Mirona und Thora eine Superblondine mit der tollsten Figur, die er je vor Augen gehabt hatte. Sie trug einen sehr knappen Pulli und einen noch knapperen Minirock, den man auch für einen etwas breit geratenen Gürtel hätte halten können. »Ich bin Claudia, und ich werde dir erst in rund anderthalbtausend Jahren begegnen. Ich werde dann unsterblich in dich verliebt sein, und deshalb habe ich ein ziemlich großes Interesse daran, daß du dann wirklich noch lebst. Also mach keinen Unsinn und sag jetzt die Wahrheit.« Sie schlug die großen Augen nieder und schniefte. »Oder es wird etwas gaaanz-gaaaanz-gaaanz schreckliches passieren.«

Was war das?

Was bedeutete das alles? Was wurde hier gespielt?

Antwort auf diese Fragen erhalten wir nach dem nächsten Kapitel, das wirklich sehr kurz ist, aber nicht ohne einen gewissen Reiz. Man kann es auch überlesen, dann kommt man schneller zum Showdown dieses Romans.

Aber ob das so klug wäre?

Lest es besser doch, es heißt:

Die Superintelligenzen

Zwei Stimmen wisperten sich ihren Weg durchs Universum. Sie wisperten an Sternen und Galaxien vorbei, manchmal auch mittendurch, wisperten sich in Schwarze Löcher ein und an der Gegenstation wieder heraus, wisperten Haken um interstellare Hindernisse, die auch sie nicht so ohne weiteres überwispern konnten, und trafen sich an einem neutralen Ort, wo schon manche andere Wisperstimmen ihren fast lautlosen Kampf ausgefochten hatten.

»Du hast mich gerufen«, wisperte die Stimme, die zuletzt angekommen war. Sie gehörte der Superintelligenz SIE, die nichts mit der SIE von Stephen King oder der ›Sie‹ von Henry Rider Haggard zu tun hatte. SIE herrschte über eine Mächtigkeitsballung, die logischerweise ›Mächtigkeitsballung SIE‹ hieß und fünfzig Großgalaxien, sechshundert Satellitennebel, zweitausend Dunkelwelten im intergalaktischen Vakuum und drei seit Urzeiten treibende Wracks umfaßte, deren Herkunft nie geklärt worden war. Sie trugen die Namen BARKON II, BARKON III und BARKON IV, aber damit konnte SIE natürlich nichts anfangen. Ihre MB war 375 Millionen Lichtjahre von dort entfernt, wo es einmal Barkoniden gegeben hatte.

(Außerdem war IHR die Sache viel zu unseriös, solange sich BARKON I feige versteckte.)

»Natürlich habe ich dich gerufen«, wisperte die andere Stimme, die der Superintelligenz ES gehörte. »Ich warte schon ziemlich lange. Aber daß Frauen unpünktlich sind, ist ja bekannt.«

ES kennt jeder anständige PERRY-RHODAN-Leser, diese SIE muß daher nicht weiter vorgestellt werden. Jeder weiß, daß sie so eine Art Schutzpatron der Menschheit ist, manchmal allerdings launisch und mit makaberen Einfällen. Die Mächtigkeitsballung ES umfaßt die Lokale Gruppe von Galaxien, auch das wissen wir, also die Milchstraße, Andromeda, M 33, die Magellanschen Wolken, Fornax, Hangay – halt, nein! Hangay kommt ja auch erst später dazu.

»Bitte keine von diesen uralten Vorurteilen, und vor allem keine Diskriminierungen«, wisperte SIE. »Sonst mach ich auf der Stelle wieder die Fliege, und wir sehen uns in frühestens dreißig Zeiteinheiten wieder. Bis dahin ist dieser Ort ausgebucht.«

»Ich weiß«, wisperte ES, und es klang sehr nach einem tiefen Seufzen. »Ich nehme das also zurück.«

»Dann frag los. Du *hast* doch Fragen, oder? Du willst etwas von mir, sonst hättest du mich nicht gerufen. Ich hoffe nur, daß es nichts Unanständiges ist.«

»Bei meiner Ehre, nein!« wisperte ES, ziemlich laut.

»Bei deiner Ehre, naja…«

»Also zur Sache, SIE!«

»Du kannst mich ruhig weiter duzen«, kicherte SIE. »Nein, vergiß es. Wir Superintelligenzen haben doch irgendwie alle 'nen Knall, das weißt du am besten. Laß mich raten, es ist wegen der Herren des Feurigen Nebels.«

»Allerdings«, wisperte ES. »Ich möchte, daß du sie aus meiner Mächtigkeitsballung zurückpfeifst. Ich brauche meine Terraner noch.«

»Und ich brauche meine Kröten noch. Sie werden eines Tages das Universum erben.«

ES kicherte nun ebenfalls: »Da kann ich nur lachen. Meine Terraner erben es. Genauer gesagt, Perry Rhodan.« ES hielt inne und wisperte dann: »Du rufst deine Kröten nicht zurück?«

»Ich denke doch nicht daran!«

Und dann wisperten sich die beiden Superintelligenzen derart unflätige Dinge zu und begannen sich mental zu beharken, daß den Hohen Mächten des Universums nichts anderes übrigblieb, als beide für zehn Relativeinheiten zu verbannen.

Vielleicht hätte diese Geschichte sonst einen anderen Ausgang genommen. So aber standen sich die Terraner und die Herren aus dem Feurigen Nebel ganz ohne den Beistand ihrer Superintelligenzen gegenüber, und die Entscheidung rückte näher.

Der Showdown hatte begonnen.

Die Neunmalklugen Neundenker aus der Neunten Galaxis hatten es vorausgesehen, aber leider nichts gesagt, weil sie sowieso keiner mehr ernst nahm. Jetzt war es soweit. Jetzt gab es kein Zurück mehr.

Das Universum hielt den Atem an.

Und dann begann es zu wackeln.

Bullys Auftritt

»Es ist die Wahrheit!« schrie Perry Rhodan, von dem dauernden Auftauchen der verschiedensten Figuren um ihn herum fast entnervt. »Auch wenn ihr es nicht wahrhaben wollt: Die ganze Erde ist Erde! Während ihr nach Erde bohrt, steht ihr darauf, auf Fantastillionen Kubikmetern davon!« Er lachte, oder war das schon der Beginn eines Weinkrampfs? »Kapiert es doch: Erde ist überall, in riesigen Mengen! Ihr habt das Gedicht dieses Gottlieb von und zu Rüttgenstein-Nesselburg in den ganz falschen Hals gekriegt! Er schwärmte von der Erde, aus der er... aus der wir alle geboren sind, zu der wir eines Tages wieder werden. Ich meine, die Normalsterblichen. Er meinte kein Element, keinen geheimnisvollen Stoff, schon gar keinen Schatz!«

Er holte tief Luft, weil ihm vor lauter Anstrengung schon ganz schwarz vor Augen geworden war.

Die Überläufer waren noch weiter von ihrem neuen Herrn zurückgewichen. Die UPMVS wußten anscheinend nicht, was sie tun sollten oder vielleicht sogar denken. Die Projektoren, vom Herrn der Herren geschaffen (wobei er die ›Vorlagen‹ zweifellos aus Perrys Bewußtseinsinhalt hatte, was Rhodan als einen *Zukunftsseher-Mutanten* entlarvte, denn wie sonst hätte er als Nichtleser seiner eigenen Romanserie etwas von Claudia wissen können?), verhielten sich ebenfalls unsicher. Sie waren offenbar nur dazu da, das zu tun, was der HdH selbst nicht mehr konnte: den Terraner zu verhören und ganz nebenbei durch ihr überraschendes Erscheinen zu verunsichern.

Denn der Herr der Herren glühte inzwischen dunkelrot.

Seine vier Augen hatten sich bekanntlich zu einem einzigen vereinigt, und dieses eine war schrecklich! Es flammte, verschleuderte Blitze, zwinkerte Claudia vertraulich zu, schien sich immer mehr aufzublähen – und entfachte Kräfte, die das Universum wackeln ließen.

»Kommt her!« rief Perry Rhodan den Überläufern zu. »Her zu mir, wir müssen fliehen, bevor dieser ganze Gips-Matsch-Palast über uns zusammenkracht!«

»Er hat recht«, stimmte Mercant zu. »Der Herr der Herren steckt in einer ganz schlimmen psychischen Krise. Einerseits sagt ihm sein Verstand, daß...«

»Sein was?« fragte Rhodan.

»...sein Verstand, daß du recht hast mit der Erde. Andererseits sträubt er sich mit allen Kräften dagegen, es zu akzeptieren. Und weißt du, was ein Krötenmutant von seinem Kaliber für geheime Kräfte hat?«

»Natürlich nicht«, erwiderte Rhodan, schon auf dem Rückzug.

»Na siehst du, ich nämlich auch nicht.«

Mercant kam zu Perry gerannt, die anderen hinter ihm her. Sie waren alle unbewaffnet, aber zum Glück reagierten die UPMVS-Roboter überhaupt nicht auf den Verrat der Verräter. Sie waren wie erstarrt, und plötzlich explodierte der erste.

»Raus hier!« schrie Rhodan. »Schnell, alle Mann in die Boote, Frauen und Kinder zuerst!«

»Aber es sind doch gar keine Frauen und Kinder hier!« rief Waringer.

»Ach so«, sagte Perry. »Das macht es uns immerhin leichter.«

Ein stöhnendes, grunzendes, grauenvoll-gräßliches Röcheln ließ sie, kurz vor dem Ausgang, stehenbleiben und herumfahren.

Der Krötenkönig erstrahlte jetzt in einem satten Hellrot. Er lag schwer in seinem Thronsessel und atmete noch schwerer, wobei bei jedem Ausatmen immer stärkere Feuerstöße aus seinem Krötenmaul fuhren.

»Kein Zweifel«, sagte Ras Tschubai. »Er hat sich und seine Mutantenkräfte nicht mehr unter Kontrolle. Er dreht völlig durch.«

Die nächsten Ultrapotenten Megavernichtungssysteme vergingen in so verheerenden Explosionen, daß sie das ganze Solsystem vermutlich zerfetzt hätten, wären da nicht die vorsorglich eingebauten, umweltfreundlichen Sicherheitsschutzsysteme gewesen, die von den UPMVS produziert wurden und erst erloschen, wenn ihre Träger nicht mehr waren. Sie leiteten die Explosionsenergien in den Weltraum ab, quer durch den Hyperraum zur jeweils nächsten Galaxis, wobei sie (die Energien) sich im Quadrat zur Lichtjahreentfernung unaufhaltsam verstärkten, bis zum Zehn- und Hunderttausendfachen des ursprünglichen Vernichtungspotentials.

So wurden die Magellanschen Wolken zu einer einzigen Nova, bevor sie merkten, was mit ihnen losging.

Dann folgten Andromeda, M 33, Fornax und eine Reihe von anderen Welteninseln, die aber nicht so bekannt sind und daher nicht aufgezählt werden müssen. Sonst würde die Liste auch zu lang.

Aber es ging so weiter im Universum, deshalb wackelte es ja auch. Denn das Universum wußte, daß von der Milchstraße aus, so unbedeutend sie auch war, eine Kettenreaktion ausging, die alles verschlang – bis zum letzten Stern am Rand des Grenzenlosen Nichts.

Eine explodierende Galaxis steckte sozusagen die jeweils nächste an, und so ging es immer weiter hinaus, aber zwangsläufig irgendwann auch zurück...

Vor den Terranern, die davon überhaupt nichts ahnten, versperrte plötzlich ein blutroter Energievorhang den Weg nach draußen.

»Wir sind gefangen!« rief Rhodan mit einem Blick auf das jetzt orangerot glühende Monstrum, dessen Körper anzuschwellen begann. »Er ist ein *Energieschirm-Installator!*«

Natürlich konnte er nicht wissen, daß der HdH auch ein *Universum-Vernichter* war, für dessen diesbezügliche Gabe von vorneherein die UPVMS als Antennen vorgesehen gewesen waren. Woher auch?

Aber sie merkten, daß das Universum wackelte, denn die Erde wackelte ja mit. Tarzan, inzwischen von seinen Werbesitzungen zurück, zeigte einen Vogel, schob sich die letzte Banane in den Mund und schwang sich an einer Liane in Sicherheit – in das Nichts, aus dem seine Projektion gekommen war.

Auch die anderen Projektionen verabschiedeten sich. Claudia ging zuletzt, seufzte und warf Perry eine Kußhand zu. »Bis später, ach du Süßer!«

»Das ist das Ende«, stöhnte Homer G. Adams. »Aber wir haben es ja nicht anders verdient. Das ist die Strafe für unseren Verrat.«

»Laßt mich da heraus«, protestierte Rhodan. »*Ich* habe mich schließlich nicht verraten.«

Seine Stimme ging unter in dem infernalischen Lärm, der jetzt einsetzte. Der Herr der Herren begann, nur weil er nicht mit der Wahrheit fertig wurde, immer heftiger und immer schneller zu pulsieren, wobei er sich weiter aufblähte und nun so grellgelb strahlte, daß man gar nicht mehr hinsehen konnte.

»Er wird gleich explodieren!« brüllte Allen D. Mercant

aus voller Lunge. »Und wir mit ihm! Er wird uns alle in den Tod reißen.«

Perry Rhodan sah sich nach allen Seiten um, aber es gab keinen Ausweg mehr.

Sie waren allein mit dem Monstrum, das vielleicht dabei war, sich in eine Sonne zu verwandeln. Kein UPMVS mehr, keine Projektion, keine einfachen Kröten.

Und als der Herr Großadministrator gerade dachte, daß dies die perfekte Falle sein könne, schrie Ras Tschubai (der vergeblich versucht hatte, fortzuteleportieren) grell auf und deutete mit zitternder Hand auf den Energievorhang vor dem Ausgang.

Was Perry sah, das war ungeheuerlich!

Eine Messerschneide war durch den dunkelroten Vorhang gestoßen worden und schnitt nun eine Öffnung hinein, groß genug für einen Menschen.

Dann wurde das Messer zurückgezogen, und kein anderer als Reginald Bull, der ewige Zweite, trat in den irrlichternden, tobenden, flackernden und mittlerweile auch heißen Regierungssaal des total ausgerasteten Herrn der Herren.

»Bully!« entfuhr es Perry Rhodan. »Was, um alles in der Welt... tust du hier? Woher kanntest du die Parole?«

»Es gibt keine Parole mehr«, erwiderte Bully laut genug, um verstanden zu werden – auch vom Herrn der Herren, soweit dieser überhaupt in der Lage war, etwas zu verstehen. »Alle Kröten haben den Palast fluchtartig verlassen und um Asyl bei terranischen Familien ersucht. Aber deswegen bin ich nicht hier.«

»Nein?« fragte Adams. »Weshalb dann? Laßt uns lieber schnell fliehen, solange noch Zeit ist.«

»NEIN!« donnerte Reginald Bull.

Er trat ganz nah an Perry Rhodan heran und brüllte diesem ins Ohr:

»Laß mich jetzt nur machen, Perry. Taktik B!«

»Taktik B?« fragte Rhodan entgeistert. »Die kenne ich noch gar nicht!«

»B wie Bully. Sieh mir zu, glaub an mich und sag um Gottes willen nichts.«

Und Reginald Bull, Mitmondlander, Staatsmarschall, Aktivatorträger, Beatles-Fan und Ehrenvorsitzender des Philatelistenvereins ›Mark und Marke‹, machte so viele mutige Schritte auf den Herrn der Herren zu, wie es dessen Strahlung und Hitze gerade noch zuließen.

»Hörst du mich, Herr der Herren?« schrie er aus Leibeskräften, während es um ihn herum blitzte, zuckte, rumpelte und krachte. »Ich frage das nur einmal, danach werde ich die Frage anders stellen!«

»Ich... höre dich...« grunzte es aus der Mitte des pulsierenden Feuerballs. Plötzlich entstand auch eine dreidimensionale Anzeigentafel im Regierungssaal, auf der zu lesen stand, daß es bis zum Ende des Universums noch sechs Tage, zwei Stunden und sieben Minuten seien – angefangen von der Explosion des Herrn der Herren und der dadurch zusätzlich freiwerdenden Universumsvernichtungsenergien, die das Maß endgültig voll machten.

(Leider war das eigentlich gar nicht mehr nötig...)

»Dann paß auf!« schrie Bull. »Perry Rhodan hat dich angelogen. Die Erde ist nicht das, was ihre Oberfläche bedeckt, denn dann wäre sie ja wirklich nichts wert!«

»Das ist doch... Hochverrat!« entfuhr es Rhodan, aber Julian Tifflor legte ihm schnell eine Hand auf den Mund.

»Psst, Perry. Ich ahne, was er vorhat, und das ist das einzige, was uns noch retten kann – das Leben, das Universum und den ganzen Rest.«

»Erde«, brüllte Reginald Bull in das optisch-akustisch-strahlende Inferno, »ist das hier!«

Er warf einen prall gefüllten Plastikbeutel mitten in die glühende Energiesphäre des HdH und wich schnell zu seinen Gefährten zurück.

»Was ist da drin?« fragte Perry Rhodan mißtrauisch, während der Beutel scheinbar in der pulsierenden Glut verschwand. Er knöpfte sich den Hemdkragen auf und lockerte den Schlips. »Was soll das alles, Bully? Wie kannst du mich so blamieren? Was hast du ihm gegeben?«

»Hundesch... ich meine, Hundekot«, teilte ihm sein Kompagnon mit. Dder ist für die Kröten garantiert selten, weil sie keine Hunde haben. Jedenfalls ist das für diese Kreatur glaubwürdiger als Erde, die man überall findet. Ich werde ihm ein gefälschtes Fotoattest vorlegen, daß die... der Hundekot tatsächlich die langgesuchte Erde sei; vielleicht schluckt er es wirklich.«

»Was?« fragte Adams angewidert. »Die Hundesch... den Hundekot?«

»Nein, meine kleine Notlüge. Dann können sich die Kröten ihre Laderäume volladen mit dem Zeug, und wir sind auf einen Schlag alle unsere Probleme mit dem Kot los, in den man bei jedem Schritt in unseren Parks tritt. Sollte er anbeißen, dann laßt mich die Verhandlungen weiter führen, ich habe da noch einige Dinge in petto.«

»Was denn?« wollte Perry wissen.

»Ich sage nur: künstliche Verknappung. Was teuer und wertvoll ist, muß knapp sein – das wissen sie, und das wissen wir. Da aber allein in Terrania einige hundert Tonnen Hundekot zusammenkommen, habe ich schon mal Kolonnen losgeschickt, die jeden... äh, Haufen einsammeln und das ganze Zeug deponieren sollen, bis ich ihnen sage, wohin damit.«

»Deponieren?« fragte Adams. »Wo denn?«

»In der Solar Hall, aber auch in anderen öffentlichen Gebäuden, die zur Zeit ohnehin nicht gebraucht werden.«

Natürlich gab es im 29. Jahrhundert längst Robothunde, die weder teures Futter verlangten noch dieses teure Futter in leicht umgewandelter Form wieder ausschieden. Doch es gab auch die große Zahl der Ewiggestrigen, für die ein Hund eben nur dann ein Hund war, wenn er fraß und ausschied und beim Spaziergang die Büsche düngte.

»Er zeigt noch keine Reaktion«, sagte Rhodan. »Sollten wir nicht doch lieber abhauen? Ich meine, nur ganz prophylaktisch?«

Doch da, inzwischen war auch bereits die Hälfte aller Sonnensysteme der eigenen Galaxis vernichtet, begann sich der Herr der Herren zu rühren.

(Und wie geht das nun alles aus? Vergeht das Universum in den abnormal-parapsychischen Energien einer einzigen Mammutkröte? Kann Bullys Taktik B noch die Rettung bringen? Wir erfahren es nach dem nächsten und letzten – fest versprochen! – Werbeblock.)

(Werbung)

Probleme mit Hundekot? Rufen Sie sechs-sechs-sechs und drei-drei-drei auf ihrem 99-Kanal-Telekom! Sie zahlen billig, wir kommen teuer! –

Sie wollen wissen, wer Claudia ist? Das wüßten wir auch gern, aber bis dahin können wir Ihnen mit Tamara, Susanne, Samantha, Linda und Dieter weiterhelfen. Sprechen Sie unseren Kontaktmann an – in Ihrer Videothek. –

Hallo, mein Süßer! Du hast diesen Roman jetzt bald zu Ende gelesen und bist so begeistert, daß du es gar nicht abwarten kannst, bis der nächste Band dieser Art erscheint? Tut mir leid, das wird bestimmt noch so lange dauern, bis die Menschen die Paragabe des HUMORS entwickelt haben. Aber wenn du dich langweilst, schau doch bei mir vorbei – wetten daß ich dich zum Lachen bringe? Deine Daisy Duck, Luna-Disney-Ressort, Mond. –

Genossen! Falls dieses kapitalistische Machwerk doch ein gutes Ende findet, dann ist das nur unserem Genossen

Pierre Gataux zu verdanken, nicht seinem konterrevolutionären Eheweib Charlotte. Die Rettung der Menschheit liegt im Roten Morgen, wenn allen alles gehört und die herrschende Zellaktivatorträgerclique endlich liquidiert ist. Strömt in Massen in die Partei! Unsere Kontaktadresse lautet: Heimstatt der Werktätigen, Marx-Engels-Lenin-Stalin-Peppone-Don-Camillo-Gasse Neunzehnhundertsiebzehn, Brutopien! –

An alle Erfinder: Mirona Thetins Leichenfrisch würde alle lieben Verblichenen wieder aus dem Grab holen, die man auch wirklich wieder sehen möchte. Leider haben wir dieses Produkt noch nicht. Wer es für uns entwickelt, bekommt einen Zellaktivator (keine Sorge, den holen wir uns schon). Die ersten hundert unglücklichen Einsender, deren Ideen nichts taugen, erhalten zum Trost ein echtes 3-D-Mirona-Thetin-Poster!

(›Kommen jetzt die Bälle?‹ – Zitat Hans Süper aus dem 20. Jahrhundert, als Gast bei Karl Dall, der auf dem Weltcon 1986 PERRY-RHODAN-Geschichte schrieb. Leider wurde die betreffende Sendung von niemand mehr angeguckt, weil auf dem anderen Kanal da gerade Helge Schneider auftrat.)

Aber jetzt reicht's auch wirklich. Das Finale naht!

8.

... und die Erde atmete auf...
(24.–26. Juni 2877)

Ein zu hastiger Abschied?

Zwei Tage lang hatten Perry Rhodan und seine heimgekehrten Getreuen im Matsch auf den kostbaren Teppichen des Thronsaals verbracht. Zwei Tage lang waren sie bewußtlos gewesen, nachdem der Herr der Herren alle in ihm aufgestauten Energien mit einem einzigen Urschrei von sich gestoßen hatte. Es war ihr Glück, daß diese besonderen Energien zwar ein weiteres Viertel des Universums vernichteten, aber für Menschen relativ unschädlich waren.

Jetzt wachten sie auf, regeneriert durch die Kräfte ihrer Zellaktivatoren.

»Momm-Momm«, war das erste, das Perry Rhodan hörte. Ihm war danach, nach Luft zu schnappen, also beugte er sich zurück und machte den Mund weit auf. Doch statt Luft ergoß sich ein halber Liter des Krötengebräus in seinen Hals.

»Momm-Momm!« Vor ihm stand der Herr der Herren. Rhodan sah ihn deutlich, als er sich ausgehustet, seinen Gleichgewichtssinn wiedererlangt und der Blick sich wieder geklärt hatte. Der Krötenkönig sah aus wie eh und je, bevor er sich zur Supernova in Marsch gesetzt hatte. »Auf unser Geschäft, auf die Erde, und auf unsere glückliche Heimkehr in den feurigsten aller Nebel!«

Rhodan hörte ihn kaum. Gerade waren seine Lebensgeister wieder erwacht, da wurden sie von dem Krötenbräu auch schon wieder in tiefe Umnachtung getaucht. Er merkte eigentlich nur noch, daß er irgend etwas krächzte, seine Momm-Momm-Frühgymnastik machte, einen Tarzanschrei ausstieß und dann wieder auf den Boden zurücksank.

»Warte«, hörte er wie aus Lichtjahren Entfernung. Bully? Tifflor? »Wir legen dir unsere Zellaktivatoren für einen Moment zusätzlich auf die Brust. Das bringt uns nicht um, aber dich wird es auf die Beine bringen. Du mußt schließlich den Vertrag unterzeichnen.«

Er wurde gedutzt, also mußte es Bully sein. Die treue Seele! Perry Rhodan spürte, wie ihn kurz darauf die belebende Kraft eines halben Dutzend Aktivatoren durchströmte. Es war wie ein elektrischer Schlag. Die Kraft der einzelnen Geräte schien sich zu potenzieren, je mehr zusammengeschaltet wurden, und Perry Rhodan sprang mit einem hohen Satz in die Luft, um den Kontakt abzubrechen, bevor er zellenergetisch überladen und von seinen Kameraden somit ungewollt umgebracht wurde.

»Es ist gut, Freunde«, bedankte er sich. Er fühlte sich prächtig, keine Spur mehr von einem Kater. »Waringer sieht schlecht aus, verpaßt ihm auch so eine Dosis.«

»Nein, nein!« wehrte der Wissenschaftler ab. »Ich fühle mich prächtig. Mir ging es noch nie besser!«

Rhodan nickte.

»Fein. Sonst irgend jemand?«

»Ich lehne Drogen prinzipiell ab«, sagte Ras Tschubai stolz. »Dröhnen im Kopf ist nur ein Zeichen, daß sich das Gehirn selbsttätig säubert.«

»Das haben Sie gut gesagt, Ras«, meinte Rhodan. Er sah, wie der Herr der Herren unruhig wurde, inzwischen wieder von einigen UPMVS flankiert. Natürlich – dank Bullys genialem Plan bekam er jetzt seine Laderäume gar nicht schnell genug voll. Aber er hatte die Menschen lange genug gedemütigt, jetzt mußte er auch noch solange abwarten, bis die reumütigen Überläufer, einer nach dem anderen und vor den Augen des HdH, Perry Rhodan die

Hand reichten, ihren Treueeid auf das Imperium erneuerten und, wie das früher in Wettshows so üblich war, eine Strafe angaben, die sie sich selbst auferlegen mußten.

Als das dann erledigt war, so nach knapp zwei Stunden, wandte sich der Großadministrator dem Krötenkönig zu und sagte herablassend:

»Mein Herr der Herren, ich sehe, Sie haben bereits einen eigenen Vertrag ausgearbeitet, oder Reginald Bull hat ihn mitgebracht; ist ja auch egal. Ich werde ihn mir genau ansehen, von meinem Justitiar prüfen lassen und dann gegebenenfalls unterzeichnen. Vorher wird der Herr Oberstaatsmarschall Bull mit Ihnen die letzten Details klären.« Er lächelte Bully zu, der vor lauter Rührung über die unerwartete Beförderung einen ganz roten Kopf bekam.

»Das gut!« quiekte der HdH begeistert. »Momm-Momm!«

Er kam schon mit einer Kelle näher. Rhodan wehrte beidhändig ab und schüttelte heftig den Kopf.

»Nein, nichts mehr. Verträge kann ich nur in nüchternem Zustand unterzeichnen – sonst wären sie ungültig.«

»Ach, so ist das.«

Der Herr der Herren schien das einzusehen.

Perry gab Bull ein Zeichen, und sein Stellvertreter begann mit dem letzten Akt seiner Schau. Er sagte dem Krötenkönig, daß es leider nur sehr wenig ›Erde‹ gebe, weshalb sie ja auch so unendlich kostbar sei. Die Menschen bräuchten sie aber jetzt nicht mehr, weil alle Terraner inzwischen mutiert seien und die Nähe von ›Erde‹ nicht mehr so gut vertragen könnten.

Deshalb sei man bereit, alle ›Erde‹ den HdFN zu überlassen, wenn diese sich dafür verpflichteten, innerhalb von drei Tagen auf Nimmerwiedersehen zu verschwinden und nie wieder in die Milchstraße zurückzukommen.

Den Einwand des HdH, der wohl beruhigen sollte,

nahm Perry Rhodan mit Schaudern zur Kenntnis. Der HdH sprach nämlich:

»Oh, keine Sorge, Freunde. Was von eurer Galaxis noch übrig ist, das lohnt bestimmt keinen Besuch mehr.«

Bully ließ sich dadurch nicht beirren. Jeder Korkenzieherraumer, so argumentierte er weiter, dürfe eine große Kiste ›Erde‹ an Bord nehmen, zwanzig mal zwanzig mal zwanzig Meter lang und breit und hoch, die zu 9999 Prozent aus Polsterung bestand und nur im genauen Zentrum zehn Gramm ›Erde‹ enthalten sollte.

In Wahrheit war es genau umgekehrt mit der Kiste, der Polsterung und der ›Erde‹.

Bully machte es weiter spannend. Er schilderte die Vorzüge der ›Erde‹ so übertrieben schamlos, daß Perry Rhodan manchmal der Atem stockte. So beschränkt konnte der HdH doch gar nicht sein, daß er Bully das alles abkaufte!

Insgeheim überlegte sich Perry schon, wie er die Beförderung wieder rückgängig machen könnte, aber der König des Feurigen Nebels glaubte den ganzen Schwachsinn tatsächlich, den ihm der frischgebackene Oberstaatsmarschall unterjubelte!

Er war zweifellos von seinem eigenen Momm-Momm berauscht und hatte wohl auch einen ganz gehörigen Dachschaden von seiner Fast-Verwandlung in einen neuen Urknall zurückbehalten. Seine vier Augen rotierten jetzt wieder, er pulsierte, aber nur leicht. Und wenn er das Wort ›Erde‹ aussprach, dann fast so wie andächtig.

»Hört zu«, sagte er gerade, als Perry den Vertrag geprüft hatte, der so leichtverständlich aufgesetzt war, daß er gar keinen Justitiar brauchte – er kannte sowieso keinen, dem er vertraut hätte. »Das mit eurer Galaxis tut mir leid, ehrlich. Aber darüber kommt ihr hinweg. Was wollt ihr mit Milliarden von Sternen? Die zehntausend, die noch geblieben sind, reichen euch doch auch, oder?«

Die Aktivatorträger schluckten in seltener Synchronität.

»Was… was ist mit Andromeda, den Magellanschen Wolken, und den anderen Galaxien in der Nachbarschaft?« fragte Julian Tifflor bange.

Der Herr der Herren machte eine wegwerfende Handbewegung. »Vergeßt sie alle. Wo nichts mehr ist, kann ja auch keine Invasion herkommen, oder?«

Er hatte es plötzlich sehr eilig, daß Perry Rhodan den Vertrag unterzeichnete. Er hatte auch akzeptiert, daß die HdFN ihren ganzen unsichtbaren Pflanzenkram wieder einsammelten und mitnahmen, gegen Rückgabe aller aus den terranischen Raumschiffen geworfenen Waffen, Orden und so weiter.

Am Abend des 26. Juni, Punkt Mitternacht, sollte der letzte Korkenzieherraumer mit seiner Kiste voll ›Erde‹ beladen sein und sich in Richtung auf den Feurigen Nebel in den Hyperraum schrauben. Der HdH hatte bereits seinen UPMVS befohlen, alles in die Wege zu leiten. In wenigen Minuten würden schon die ersten Korkenzieherschiffe in Terrania landen.

»So sei es denn«, sagte Perry Rhodan und setzte seine Unterschrift unter das Vertragswerk, das eigentlich so überflüssig war wie ein Kropf. Wer über solche Waffen verfügte wie die HdFN, der würde sich einen feuchten Kehricht um einen Vertrag kümmern, wenn plötzlich ein Schiff aufgebracht würde, dessen Kommandant eine Lobeshymne auf Wasser, Staub oder das Leben im allgemeinen geschrieben hatte.

(Genau aus dem Grund und nur vorbeugend, gab Perry Rhodan dem HdH auch die Zusage, ihm Charlotte Gataux' Zwiebelsuppenrezept mitzugeben, sobald sie es ihm aufgeschrieben hatte).

Als dies alles geregelt war, goß sich der HdH noch zwei, drei Liter Momm-Momm-Brühe in den Hals, hüpfte und sprang, quakte und quäkte, trommelte sich mit den Fäusten gegen die Brust und stieß, laut gluckernd, Rauchwölkchen in allen Farben aus.

»Erde!« kreischte er dabei immer wieder. »Erde-Erde-Erde-Erde...!«

»Äh«, kam es von Tifflor, als der Krötenkönig eine kleine Pause machte, um Luft zu bekommen. »Wenn ich da noch eine Frage stellen dürfte?«

»Heilige Galaxis!« entfuhr es Homer G. Adams, der etwas zu ahnen schien. »Nicht, Tifflor!«

Doch Tiff schien etwas wiedergutmachen zu wollen, denn er winkte lächelnd ab und fragte:

»Auch auf die Gefahr, in ein Zermatschungsbad gesteckt zu werden, oh Herr der Herren: Warum darf man deine Abkürzung eigentlich nie rückwärts aussprechen? Ich meine, HdH statt HdH?«

Noch einmal hielten sie alle den Atem an.

Noch einmal herrschte knisternde Spannung.

Dann lachte der Herr der Herren wie ein Irrsinniger. Jetzt, als er das hatte, was er und seinesgleichen so besessen gesucht hatten, schien er durch nichts zu erschüttern zu sein (abgesehen von seiner merkwürdigen Eile...), und in prächtiger Geberlaune noch dazu.

»Ist doch ganz einfach, oder? Rückwärts gesprochen, hieße ›Herr der Herren‹ doch ›Herren der Herr‹. Herren der Herr ist aber unser größter, miesester und unwürdigster Finstergott, also habe ich es gar nicht gerne, wenn man mich mit seinem Namen anredet.« Er schaffte es tatsächlich, den Terranern zuzublinzeln. »Mir ist das ziemlich egal, wißt ihr? Aber wenn meine Untergebenen so etwas mitbekommen würden – also da muß ich doch auf meinen Ruf achten.«

»Und deshalb hast du uns in die Zermatschungs- und all die anderen widerwärtigen Strahlenbäder stecken lassen?« rief Perry Rhodan empört.

»Ach, stell dich nicht so an. Manchmal muß man den starken Mann herauskehren, weißt du doch. In Wirklichkeit bin ich so zartfühlend, mildtätig und unschuldig wie eine Kaulquappe.«

»Aber sicher«, sagte Bully. Er gab Perry einen Wink, sich jetzt zu verabschieden. Alle Anwesenden reichten sich die Hände, und Perry Rhodan mußte nochmals eine Schale Momm-Momm ablehnen, mit der dieser Abschied besiegelt werden sollte.

»Auf Nimmerwiedersehen«, sagte der Großadministrator am Ende der Prozedur.

»Ganz bestimmt auf Nimmerwiedersehen«, antwortete der HdH, und Rhodan war plötzlich sehr nachdenklich, als er mit seinem Gefolge den Krötenpalast verließ.

Er hatte auch allen Grund dazu.

Am Ende aller Tage

Sie waren fort.

Der letzte Korkenzieherraumer hatte das Gebiet des Solaren Imperiums vor wenigen Stunden verlassen. Es war das riesige Flaggschiff des Herrn der Herren gewesen, und sein Aufbruch war der reinste Blitzstart gewesen. Noch nie war beobachtet worden, wie sich ein Korkenzieher so wahnwitzig schnell durch sein Rotes Loch in den Hyperraum geschraubt hatte.

Die Zellaktivatorträger, inzwischen alle wieder ausgesöhnt, standen ziemlich betreten in der Administration und beobachteten, wie nebenan der Krötenpalast von riesigen Maschinen gesprengt, abgetragen und eingestampft wurde. Auf der Erde schien sich alles zum Guten gewendet zu haben. Es gab tatsächlich keine unsichtbaren Gewächse mehr. Die Menschen konnten sich überall wieder ungehindert bewegen, und Funk und der Rest funktionierten auch wieder.

Aber leider auch der Hyperfunk.

Zwei Drittel aller Imperiumswelten waren nicht mehr zu erreichen, und es wurden immer mehr. Die gesamte galaktische Eastside war nicht mehr, und anderswo sah es auch nicht viel besser aus.

Eigentlich existierte jetzt nur noch rund um das Solsystem herum ein Rest von Milchstraße, eine Raumkugel von, ganz grob geschätzt, hundert Lichtjahren Durchmesser.

Es waren also nicht mehr viele Bürger des Solaren Imperiums übrig, zu denen Perry Rhodan sprechen mußte, um zu erklären, was in den letzten Wochen eigentlich geschehen war. Das angebliche Flottenmanöver war inzwischen ja als beendet gemeldet worden, aber das interessierte die Blues, Akonen, Tefroder usw. nicht mehr, weil es sie nicht mehr gab.

Und die vom Herrn der Herren freigesetzten Universumvernichtungsenergien kreisten noch immer um den Rest der Galaxis, fraßen und knabberten an der verbliebenen kleinen Raumkugel, ließen ein Sonnensystem nach dem anderen verschwinden, bis schließlich...

Perry Rhodan wollte nicht daran denken. Er klammerte sich an die Devise, daß bisher immer noch alles gutgegangen war. Er wurde darin durch Gucky bestärkt, der ihm stets versicherte, in der PERRY-RHODAN-Romanserie würde am Ende jeder noch so übermächtige Gegner besiegt werden.

Nur diesmal... gab es ja gar keinen Gegner mehr.

Die HdFN hatten sich in ihren Feurigen Nebel abgesetzt, bis wohin die Universumvernichtungsenergien anscheinend noch nicht gelangt waren, und den sie wohl rechtzeitig in ein anderes Universum transferieren würden, und auch ES konnte nicht rettend eingreifen, weil die

Superintelligenz ja zu zehn Relativeinheiten Verbannung verknackt worden war.

Gerade kam von einem Patrouillenschiff die Meldung herein, daß es nun auch die Wega erwischt habe. Also noch 27 Lichtjahre, und auch Sol und die Erde würden der Vergangenheit angehören.

»Vielleicht«, sagte Adams, »haben wir es nicht besser verdient. Wir haben Sie, Perry Rhodan, in der Stunde der Not im Stich gelassen. Das war wie bei König Artus. Kein Land, kein König – alles geht unter. – Aber ich wollte doch nur das Beste!«

»Ich wollte auch nur das Beste!« schloß sich Geoffrey Abel Waringer an, und auch die anderen Überläufer beteuerten ihren besten Willen für die Menschheit.

»Abschaum«, sagte Perry Rhodan, als er überlegte, ob es sich überhaupt noch lohne, seine Ansprache an die Galaxis zu halten.

»Na, na«, sagte Atlan tadelnd. »Sie sind doch reumütig zurückgekehrt.«

»Ich meine nicht sie«, klärte ihn Rhodan auf, »sondern diese Geier dort draußen.«

Er zeigte auf eine Bildschirmreihe, auf der die Finanz- und Wirtschaftsbosse Terras zu sehen waren, die Sektenführer und regionalen Politiker, die nun genauso zur Administration pilgerten wie vor ein paar Tagen zum Krötenpalast.

Alles ging unter, alles war marode. Alle hatten sie sich unsterblich blamiert.

Sirius verstummte, dann Alpha Centauri.

»Charlotte«, sagte Gucky zu Madame Gataux, die inzwischen für ihre bescheidenen Dienste die – ganz nebenbei – geforderten, bescheidenen zehn Millionen Soli kassiert hatte, »mach's noch einmal, Charlotte.«

»Was, das Lied aus diesem alten Film spielen – oder dich kraulen?«

»Nein, deine Suppe für uns kochen – bittebitte. Und tu ein paar Mohrrüben rein.«

Es sollte die Henkersmahlzeit sein.

Immer mehr schabten die vom HdH freigesetzten Universumvernichtungsenergien von der Raumkugel ab, immer näher kamen die Hypergewitter und -stürme. Der Nachthimmel über Terrania flackerte und flammte.

Als hätten die Hohen Mächte des Universums ein Einsehen, gaben sie ihnen noch die Zeit, um Charlotte ihre Zwiebel-Knoblauchsuppe kochen zu lassen, und sie nahmen sie zu sich, das letzte Mahl.

»Oh, mon dieu, mon dieu«, klagte Charlotte. »Oh, mon Pierre. Was soll er nun ohne mich machen?«

»ES!« rief Perry Rhodan. »Warum läßt du uns im Stich!? Es muß doch ein Happy end geben!«

»Immer, Perry«, sagte Gucky. »Das tut es immer. Paß auf, in der allerletzten Minute…«

…geschah nichts mehr, denn mit einem einzigen, furchtbaren Blitz verbrannten Sol und ihre Planeten zu Asche.

9.

Kurzes Nachspiel (1. April 3000)

Perry Rhodan wachte schweißgebadet auf und schwor sich, nie wieder spät abends so schwer zu essen.

Draußen, am Goshun-See, wo sein Bungalow stand, gaben die Kröten ihr sommerliches Nachtkonzert.